미러클
테이머

MIRACLE
TAMER

미라클 테이머 3

인기영 장편소설

초판 1쇄 찍은 날 § 2016년 8월 9일
초판 1쇄 펴낸 날 § 2016년 8월 16일

지은이 § 인기영
펴낸이 § 서경석

편집책임 § 이창진

펴낸곳 § 도서출판 청어람
등록번호 § 제387-1999-000006호
등록일자 § 1999. 5. 31
어람번호 § 제1-2498호

주소 § 경기도 부천시 원미구 부일로 483번길 40 서경B/D 3F (우) 14640
전화 § 032-656-4452 팩스 § 032-656-4453
http://www.chungeoram.com
E-mail § chungeorambook@daum.net

ISBN 979-11-04-90922-1 04810
ISBN 979-11-04-90882-8 (세트)

미러클
테이머

인기영 장편소설

FUSION FANTASTIC STORY

MIRACLE
TAMER

3

도서출판 청어람

CONTENTS

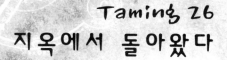

Taming 26
지옥에서 돌아왔다

'뭐야… 저 새끼가 왜 저기 있어?'

김태하는 지금의 상황이 이해되지 않았다.

이상했다.

저 얼굴은 저기에 있어서는 안 되는 얼굴이다.

'반대… 잖아?'

그건 김태하가 늘 내려다봤던 얼굴이었다.

자신만만한 표정을 짓고 있어도 안 된다. 늘 비굴해야 한다. 그런데 지금은 자신만만함을 넘어서서 자기를 죽일 것처럼 성난 얼굴을 하고 있다.

"살기를 바라지 마."

"루아진… 이 찐따 새끼가……!"

아진의 주먹에 얻어터져 다 짓이겨진 입에서 욕설이 나오는 순간.

빠악!

"우욱!"

대포알 같은 주먹이 날아들었다.

"으아아아아아아악!"

사무치는 고통에 김태하는 열이 뻗쳐 환장할 지경이었다.

아픔도 아픔이지만 이 상황 자체가 엿 같았다.

지금 여기에 엎어져 있어야 할 인간은 루아진이다. 자신은 그런 아진을 벌레처럼 거만하게 내려다보며 희롱해야 했다.

그게 맞았다.

그런데 왜… 왜 입장이 뒤바뀐 거지?

"너 진짜 죽여 버린다!"

김태하는 현실을 받아들이지 못했다. 하지만 그럴수록 그에게 되돌아오는 것은.

빠악! 뻐어억! 퍽!

"크허어! 어억……!"

가혹한 고통뿐이었다.

"아, 아진아… 내 아들 아진이 맞니?"

갑자기 들려온 송찬의 물음에 아진의 주먹이 멎었다.

아진은 송찬을 바라보지도 않고 고개를 끄덕였다.

"네, 아버지. 저 아진이예요."

"이게… 어떻게 된 거냐? 응? 도대체 어떻게 된 거야?"

"죄송해요, 아버지. 미리 말씀드렸어야 했는데… 특별한 날 더 기쁘게 해드리려다가 일이 이렇게 됐네요. 저, 비욘더가 됐어요."

"비, 비욘더? 네가… 내 아들이 비욘더가 되었다고?"

송찬의 얼굴에 놀라움이 가득했다.

"네. 자세한 이야기는 조금 이따가 해드릴게요. 지금은 해결해야 할 일이 있네요."

아진은 말을 하면서도 송찬을 매몰차게 등지고 있었다.

송찬의 평소 성정상 김태하를 그냥 용서하라고 할 것이 염려돼서였다.

아무래도 아버지가 말리면 마음이 약해지는 아진이다.

하지만 그는 김태하를 용서할 마음이 눈곱만큼도 없었다.

그래서 맘이 약해지지 않도록 등을 돌려 버렸다.

그러나 송찬은 아무런 말도 하지 않았다.

그의 마음속에서 오만가지 감정이 충돌했다.

원체 심성이 독하질 못하고 순한 사람이다. 그래서 여태껏 주변 사람들에게 많이 이용당했다. 배신도 여러 번 당했다. 지인에게 사기를 당한 적도 많았다.

그럼에도 송찬은 그들을 용서해 주었다.

한데 그렇게 살다 문득 뒤돌아보니 아무것도 남은 게 없었다. 사람들은 용서를 해주면 잘못을 뉘우치고 돌아오는 게 아니라 더더욱 송찬을 이용해 먹으러 들었다.

그 사실을 깨달았을 땐 너무 늦어 있었다.

이제는 더 이상 잃을 게 없었다.

그런 상황이 되고 나니 송찬의 곁에는 아무도 남아 있지 않았다. 이용해 먹을 게 없는 송찬은 더 이상 그들에게 있어 아무 의미가 아니었다.

하지만 아진만큼은, 자신의 아들만큼은 그렇게 키우기 싫었다.

이 세상은 자기 것을 지키기 위해 때론 독해져야 할 필요도 있었다.

못난 아비는 그걸 하지 못해 가족들에게 평생 죄인처럼 미안한 마음뿐이었다.

송찬은 아진을 말리지 않았다.

자신의 아들은 지금, 아버지를 지키려고 독해졌다. 그런 아진을 이해하면서도 한편으로 마음이 복잡했다.

송찬의 감정과 달리 이성은 아진이 김태하를 정말 어떻게 해버렸을 때, 법적으로 문제가 생기는 건 아닌지를 걱정하고 있었다.

지금 이런 상황에서 어떻게 행동하는 게 맞는 건지 고민하고 있던 송찬은 욱신거리는 통증이 가슴이 아니라 복부에서도 느껴지는 걸 뒤늦게 깨달았다.

게다가 시야도 흐려지고 있었다.

송찬의 시선이 아래로 내려갔다.

"어……?"

그의 경비복이 붉게 물들어 있었다.

"이게 왜……."

손을 가져가니 경비복의 상의를 무언가가 날카롭게 뚫고 들어간 흔적이 있었다.

김태하가 타조에게 밟히기 전, 송찬의 복부를 찔러 버린 것이다.

"듀, 듀라라?"

예티가 당황해서 어쩔 줄 몰라 하다가 엄지손가락으로 송찬의 상처 부위를 꾸욱 눌러 지혈했다.

"끄윽!"

동시에 송찬은 겨우 움켜쥐고 있던 정신을 놓아버렸다.

"듀라~!"

예티는 곧바로 고함을 질러 아진을 불렀다.

한데 아진보다 먼저 멀리 떨어져 상황을 지켜보던 주민들이 놀라 비명을 지르며 달아났다.

경찰과 비욘더 길드에 신고를 하는 사람도 있었다.

아진과 펫들의 등장으로 공황에 빠졌던 일대가 아수라장이 되었다.

여기저기서 겁에 질린 사람들의 비명이 들려왔다.

태하를 본격적으로 손봐주려던 아진이 놀라 뒤를 돌아봤다.

그제야 피 칠갑이 되어 기절해 버린 송찬을 발견한 아진이 다급히 소리쳤다.

"타조!"

"우루루루!"

타조가 긴 다리로 성큼성큼 송찬에게 다가가 회복 마법을 시전했다.

맑은 빛 무리가 송찬의 상처 속으로 스며들었다.

그런데 이상하게 상처가 치유되지를 않았다.

"우루루?! 우루!"

타조는 당황해서 이 사실을 아진에게 알렸다.

"무슨 소리야! 치료가 안 된다니!"

그때, 김태하가 비척거리며 일어섰다.

놈은 얼른 힐링 포션 하나를 따서 마신 뒤, 키득거렸다.

"크… 크크큭! 씨발… 몬스터를 조종해? 이 새끼, 그때 그 개 같은 몬스터한테서 날 구해줬던 게 너였어. 꿈이 아니었네? 비욘더가 되셨다?"

콱!

아진이 김태하의 멱을 틀어쥐었다.

"무슨 짓을 한 거냐."

김태하가 씩 웃으며 손에 쥐고 있던 검을 들어 올렸다.

"이 검이 뭔지 아냐?"

짧고 두꺼운 검은색의 날과 손잡이, 그리고 폼멜에 박힌 초록색 눈동자 모양의 보석.

"케산의 단검……!"

아진이 놀라 소리쳤다.

케산의 단검은 케산이라는 몬스터의 뼈와 독주머니로 만든 단검이다.

케산은 4레벨의 몬스터로 5성 톤톤보다 더욱 지독한 독을 뿜어내는 위험한 녀석이다.

톤톤의 독은 한 방울만 피부에 스며들어도 일곱 걸음을 걷기 전에 죽는다. 하지만 해독 포션을 먹으면 바로 치료가 가능하다.

반면 케산의 독은 해독 포션을 먹어도 낫질 않는다.

독의 진행을 조금 늦추는 게 전부다. 그조차도 복용하지 않으면 10분 안에 숨이 끊긴다.

당장 병원에 입원해 해독 포션을 지속적으로 투여해 주며 치료를 받아도 살아날 가능성이 30퍼센트 이하다.

때문에 케산의 검은 오래전에 판매가 금지되었다.

레지스탕스의 손에 들어가거나 정신 못 차리는 비온더들이 악용할 경우 문제가 심각해지기 때문이다.

한데 그 검을 김태하가 갖고 있었다.

그리고 송찬의 배를 찔렀다.

빠드득!

부서져라 이를 간 아진이 품에서 해독 포션을 모조리 꺼내 예티에게 던졌다.

예티가 그것을 받아 송찬에게 전부 복용시켰다.

"명이 조금은 늘겠지만 글쎄. 곧 죽겠지."

김태하가 이죽거렸다.

"아버지는 내가 무슨 수를 써서라도 살려. 그리고 너는 내 손에 죽는다."

빠각!

"……?!"

김태하는 뭐가 어떻게 된 건지 보지도 못했다.

아진의 분노가 파도처럼 밀려오는 것을 느꼈을 때, 케산의 검을 들고 있던 그의 손목이 이상한 방향으로 구겨졌다. 그러자 손가락에서 절로 힘이 빠졌다. 케산의 검이 그대로 하강했다. 아진이 그것을 집어 김태하의 어깨에 박아 넣었다.

푸욱!

"윽!"

"편하게 죽는 걸 바라지 마. 소환, 꼬맹이."

"토톳!"

아진이 케산의 검을 뽑아 꼬맹이에게 건넸다.

꼬맹이가 그것을 받아 들고 김태하의 뒤로 돌아가 양쪽 허벅지를 찔렀다.

푸푹!

"크악!"

김태하가 아찔한 고통을 느끼며 털썩 무릎 꿇었다. 동시에 아진의 무릎이 턱을 올려쳤다.

빡!

"카!"

뒤로 벌렁 넘어가 대자로 뻗은 김태하가 어지러운 표정을 짓다가 킥킥대며 웃었다.

"키킥! 킥……! 진짜 쪽팔리네. 찐따 새끼한테 처맞기나 하고."

"네 입에서."

픽!

아진이 김태하의 옆구리를 걷어찼다.

뻐걱! 하는 둔탁한 소리와 함께 갈비뼈가 부러졌다.

"커헉!"

"살려달라는 얘기가 나올 때까지."

뻐억!

이번엔 반대쪽 옆구리를 걷어찼다.

"크하악!"

"안 죽여."

콰드득!

발뒤꿈치로 명치뼈를 부쉈다.

"끄아아아!"

이어, 비명을 토해내는 입을 다시 뭉갰다.

콰직!

"으읍! 읍……!"

김태하의 모습은 엉망이 되었다.

하지만 이제부터가 시작이었다. 아진의 가슴속에 끓어오르는 분노는 고작 이 정도로 해갈할 수 없었다.

"넌 건드리지 말았어야 할 걸 건드렸어."

말을 할수록 분노는 중첩되어 더더욱 크게 불어났다.

아진이 김태하의 왼손을 잡았다.

김태하가 눈을 부릅뜨며 허리를 탕 튕겼다. 그의 오른발 끝이 아진의 뒤통수를 노리며 날아들었다.

서걱!

순간 번개처럼 움직인 톤톤이 손톱으로 김태하의 발목을 잘라냈다.

"으흐윽! 으윽!"

김태하가 눈을 홉뜨며 갓 잡아 올린 생선마냥 펄떡댔다.

잘린 발이 바닥에 널브러졌다. 깔끔하게 절단된 발목에서 핏물이 울컥거리며 쏟아졌다.

"소환, 블링."

블링이가 소환되자마자 김태하를 매섭게 노려봤다.

펫들과 주인은 정신적으로 이어져 있는 관계. 주인의 격한 감정은 그대로 펫들에게 전달된다.

아진이 잡고 있던 김태하의 왼손을 360도 빙글 돌려 비틀었다.

두두둑! 두둑!

"으아아아악!"

그리고 잡아 뽑았다.

투두둑.

피부가 뜯어지고 근육이 끊어졌다.

피에 물든 뼈가 덜렁거리는 핏줄과 함께 딸려 나왔다.

아스팔트 바닥이 붉은 피로 물들었다.

"끄아아! 아아아아!"

그사이 블링이 김태하의 왼쪽 허벅지를 몸으로 턱 덮었다.

순간.

치이이이익!

"끄아아아아아아아악! 아악! 아아아악!"

왼쪽 허벅지가 그대로 녹아내렸다.

김태하의 사지가 모두 쓰지 못할 정도로 망가졌다.

"살려달라고 해봐. 그럼 편하게 죽여줄 테니까."

"끄이이익! 끄으……! 이, 씨, 씨발새끼야… 키키킥! 내, 내가 뷰, 븅신아! 푸하하하하! 하아, 아악! 아프잖아, 좆같은 새끼가! 이 씨발 진짜!"

소리치는 김태하의 입 속으로 무언가가 쑥 들어왔다.

다음 순간 김태하는 꼬맹이와 눈이 마주쳤고, 입안이 허전해짐과 동시에 지독한 고통이 몰려옴을 느꼈다.

"끄어어어! 아아아! 아아아아아아!"

꼬맹이는 김태하의 입에서 뽑아낸 걸 바닥에 툭 던졌다.

"안타깝게도 이제 살려달라는 말을 할 수가 없어졌네."

아진의 눈에서 불똥이 튀었다.

그의 손이 전광석화처럼 움직이는가 싶더니 김태하의 왼쪽 어깨가 탈골되었다.

빠각!

"우어어어어! 으이어어어! 이어어어어! 으아으아어! 아아!"

김태하가 피눈물을 흘리며 비명을 질러댔다.

그럼에도 여전히 얼굴엔 예의 그 비틀린 미소가 사라지지 않았다.

아진은 마음 같아서는 하루 온종일 녀석을 괴롭히고 싶었다. 하지만 아까부터 계속 송찬의 상태가 마음에 걸려 그럴 수 없었다.

상황을 끝내고 송찬을 병원으로 데려가야 했다.

"여기서 그만두는 걸 우리 아버지에게 감사해야 할 거다."

아진이 김태하의 숨을 끊을 요량으로 스케라 소드를 꺼내 들었다.

스케라 소드의 하얀 날 끝이 김태하의 목을 겨눴다.

그때였다.

휘이익―

탁한 바람과 함께 검은 망토를 휘날리며 누군가가 아진과 김태하 사이에 끼어들었다.

온몸을 붕대로 친친 감은 기이한 인간, 그는 밴디지였다.

"밴디지?"

아진이 그의 갑작스러운 등장에 고개를 갸웃거렸다.

밴디지가 엉망이 된 김태하의 얼굴을 바라보며 말했다.

"이 인간은 네가 죽여선 안 돼."

여전히 그의 음성은 거칠고 음산했다.

"그게 무슨 말이죠? 나와요. 당신이 끼어들 자리가 아니에요."

아진이 말했으나 밴디지는 요지부동이었다.

"김태하는… 내가 죽여야 돼."

"뭐라고?"

"어차피 오래 남지 않은 목숨, 모든 업보는 내가 안고 간다. 단죄의 피는 내 손에 묻힌다."

"무슨 소리를 하는 거야? 너 정체가 뭐야!"

아진이 밴디지의 얼굴을 감고 있던 붕대를 잡아당겼다.

생각 외로 붕대는 쉽게 풀어 헤쳐졌다.

그리고 여태껏 그 안에 감추어져 있던 얼굴이 드러났다.

머리가 다 뽑히고, 얼굴의 반은 녹아 흘러내려 알아볼 수 없을 만큼 흉측했지만, 아진은 그가 누군지 알 수 있었다.

"너… 너……!"

밴디지의 얼굴을 본 김태하도 이번만큼은 놀라 눈이 튀어 나올 듯 커졌다. 그가 귀신이라도 본 듯 컥컥댔다.

아진의 입에서 그의 이름이 흘러나왔다.

"박지만……."

박지만.

김태하가 아진을 괴롭히기 전 왕따를 시켰던 같은 반 동급 생이었다.

김태하와 지동찬에게 시달리던 박지만은 자살을 감행했다.

모두 다 그가 죽었다고 알고 있었다.

그런데… 그는 비욘더가 되어 다시 나타났다.

박지만이 원혼으로 가득 찬 눈동자에 김태하를 담고서 저 승사자처럼 말했다.

"지옥에서 돌아왔다, 김태하."

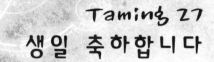

Taming 27
생일 축하합니다

아진과 김태하가 싸우는 광경을 보고 놀란 시민들은 비욘
더 길드에 신고를 넣었다.

몬스터를 조종하는 비욘더가 주산아파트 정문 경비실 근처
에서 또 다른 비욘더가 싸우는 것 같다는 내용이 차서린에게
접수되었다.

그에 차서린은 루아진과 김태하가 붙었다는 사실을 파악할
수 있었다.

몬스터를 다루는 테이머야 아진밖에 없었고, 주산아파트에
사는 비욘더는 김태하가 유일했기 때문이다.

차서린이 이 사실을 공지로 띄워 모든 비욘더들에게 보냈다.

스스로를 밴디라 칭하고 정체를 숨긴 박지만도 이 콜을 받았다. 그래서 지금 격전이 일어나는 지역에 도착할 수 있었던 것이다.

"지만아… 네가 어떻게……?"

놀라서 묻는 아진에게 박지만이 대답했다.

"오랜만이야, 아진아."

마치 죽은 자의 신음 같은 박지만의 음성이 아진은 도저히 적응되지 않았다.

"너… 진짜 지만이 맞아?"

박지만은 아진에게 하고 싶은 얘기가 많았다.

김태하와 지동찬에게 괴롭힘당하고 다른 친구들에게도 왕따를 당하던 시절, 그를 유일하게 챙겨준 사람이 아진이었다.

박지만은 그게 너무나 고맙고 감사했다.

사실 몇 번이나 삶의 끈을 놓고 싶었음에도 겨우겨우 버텨왔던 건 자신을 따뜻한 시선으로 바라봐 주는 타인이 한 명이라도 존재했기 때문이었다.

그 당시의 아진은 에스테리앙 대륙에서의 고초를 겪기 전이었기에 지금과는 성격이 딴판이었다.

소심하고, 겁 많고, 그러면서도 인정과 따뜻함이 살아 있는 그런 사람이었다.

때문에 박지만을 자기만이라도 뒤에서 몰래 챙겨주곤 했다.

그럼에도 불구, 결국 박지만은 자살을 택했다.

최후의 순간, 그의 뇌리를 스쳐 지나가는 사람도 사랑하는 가족과 유일한 친구 아진이 전부였다.

그래서 더더욱 자신을 알아봐 주는 아진이 고마웠다.

"그동안 속여서 미안하다."

박지만이 사지가 망가져 어떠한 저항도, 공격도 할 수 없어진 김태하의 곁에 쪼그려 앉았다.

"이 새끼한테 복수를 하기 전까지는 정체를 밝힐 수가 없었어."

순간 아진의 머릿속에서 그가 진흙 몬스터에게 잡혀 있던 김태하의 생명을 앗아 가려 했던 장면이 떠올랐다.

비로소 그때 그의 행동이 전부 이해되었다.

"너 어떻게… 비욘더가 된 거야?"

"자살하던 날… 옥상에서 뛰어내려 바닥에 으깨졌을 때, 잠재 능력이 깨어났어."

비욘더라는 존재들은 디멘션 임팩트 이후 하나둘 생겨나기 시작했다.

디멘션 임팩트가 발생하며 지구 전역에 퍼진 기이한 파장이 사람의 몸에 잠재되어 있는 능력들을 활성화시킨 것이다.

물론 모두가 이 파장에 반응을 보인 건 아니다.

극히 일부의 사람만 잠재 능력이 깨어났다. 더불어 잠재 능력이 깨어나는 기간도 개인마다 전부 달랐다.

기본적으로 디멘션 임팩트 이후 3년간은 비욘더가 등장하지 않았다.

　파장으로 영향을 받아 깨어난 잠재 능력이 활성화되기까지 시간이 필요했던 것이다.

　활성화 시간이 지나간 뒤부터는 비욘더들이 모습을 드러냈다.

　한데 비욘더들은 저마다 능력의 발현 시기가 전부 달랐다.

　3년 후에 동시다발적으로 능력을 사용하는 비욘더들이 있는가 하면, 며칠 뒤, 몇 달 뒤, 혹은 몇 년 뒤에 그 능력을 발현하는 경우도 있었다.

　이러한 현상은 새로 태어나는 인류에게도 적용되었다.

　이미 디멘션 임팩트와 함께 터져 나온 파장은 지구 전역에 만연한 상황이다.

　때문에 모든 인류는 태어남과 동시에 파장에 노출되고, 그때부터 비욘더가 되느냐 마느냐의 갈림길에 서게 되는 것이다.

　박지만도 태어나면서부터 비욘더가 된 인물이었다.

　하지만 그의 능력은 도통 활성화되질 않았다.

　그러다 옥상에서 뛰어내려 죽음에 이르려는 절체절명의 순간, 비로소 잠재 능력이 활성화된 것이다.

　그의 능력은 라이프 스틸.

　"라이프 스틸은 몬스터의 힘만 흡수할 수 있는 게 아니야."

살아 있는 모든 것의 생명을 흡수하는 힘이다.

"뭐? 하지만 너… 저번에 김태하의 생명을 흡수하려다가 실패했잖아."

"연기했던 거야. 내가 그때 김태하에게 했던 건 생명을 흡수한 게 아니라 나눠줬던 거야."

"생명을… 나눠줘?"

"내 능력은 두 가지야. 생명을 빼앗는 라이프 스틸과, 생명을 나눠주는 라이프 인젝션(Life Injection)."

아진은 전혀 몰랐던 사실이었다.

아니, 그를 아는 모든 비욘더들이 모르고 있었다.

라이프 스틸이 몬스터가 아닌 사람에게도 통하는 데다가, 라이프 인젝션이라는 능력까지 있었다는 것은.

"왜 그런 짓을 한 건데?"

"김태하는 그렇게 죽으면 안 되니까. 더 고통받고 더 울부짖으면서 아프게 죽어야 하니까."

결국 김태하가 진흙 몬스터에게서 구해진 뒤, 생명을 유지할 수 있었던 것은 박지만이 나눠준 생명 덕분이었다.

"비욘더가 된 이후로 난 기회만 엿봤지. 김태하의 숨을 내 손으로 직접 빼앗아 갈 기회를."

박지만은 상대의 몸을 터치함으로써 생명을 흡수한다. 때문에 피지컬 비욘더인 김태하의 생명을 흡수하는 것이 불가능에 가까웠다.

그는 몬스터와 싸울 때도 광휘의 민아림처럼 동행하는 파트너가 꼭 필요한 타입이었다.

파티원이 몬스터의 주의를 끄는 동안 신체 부위를 터치해서 생명력을 빨아들이는 식으로 싸워왔다.

때문에 김태하와 일대일로 부딪쳐서는 절대 승산이 없었다.

언제든 기회만 생기라며 칼을 갈아오길 오랜 시간.

드디어 오늘 그 기회가 박지만에게 찾아왔다.

완벽하게 무력화된 김태하가 혀까지 뽑힌 몰골로 피 칠갑을 하고서 자기 앞에 드러누워 있었다.

"내 얼굴 잘 보이지?"

아진이 고개를 끄덕였다.

박지만의 얼굴의 반은 염산에 맞기라도 한 듯 흉측하게 녹아내렸다. 나머지 반쪽도 멀쩡하진 않았다.

여기저기 퍼런 멍이 들었고 살은 마른 밭처럼 쩍쩍 갈라져 있었다.

"난 타인의 생명을 흡수하지 않으면 죽어. 내 몸은 계속해서 썩어가고 있어. 라이프 스틸로 생기를 빼앗는 것만이 내가 살아갈 수 있는 방법이야."

그때도 그랬다.

옥상에서 뛰어내려 자살했을 때.

박지만은 능력을 각성했고 주변에 있던 꽃이며 풀이며 나무며 손에 닿는 모든 것들의 생명을 닥치는 대로 흡수했다.

덕분에 겨우 목숨은 건졌지만 마치 죽어버린 시체의 몸처럼 전신이 부패하며 썩어 들어가기 시작했다.

박지만은 집으로 돌아와 자신의 모든 사정을 부모님께 알리고 비욘더 길드에 찾아갔다.

그는 차서린에게도 부모님에게 전했던 일련의 얘기들을 전부 말해주었다.

그러자 차서린은 그를 당장 비욘더로 등록시킨 뒤, 온몸에 붕대를 감게 했다.

아울러 그에게만 특별히 본명이 아닌 가명을 사용할 수 있도록 허락해 주었다.

이후, 박지만을 죽은 것으로 둔갑시키는 데 도움을 줬다.

박지만은 차서린이 왜 이런 일을 꾸미는 것인지 알 수 없었다.

차서린은 박지만의 장례가 끝난 뒤 그에게 딱 한 마디를 건넸다.

"난 기회만 만들어줬고 선택은 당신 몫이에요."

그제야 박지만은 차서린의 의도를 알 수 있었다.

더불어 그녀의 성정에 대해서도.

차서린은 불의를 참아 넘기지 못하는 여인이었다.

하지만 현 상황으로서는 김태하에게 단죄를 내릴 방법도, 명목도 없었다.

아니, 만약 그녀가 마음먹고 김태하를 벌하려 한다면 어떻게든 가능했을 것이다.

그러나 그게 과연 박지만에게 어떤 도움이 될까 싶었다.

그래서 차서린은 박지만에게 선택할 수 있는 기회를 주었다.

"차서린 덕분에 난 정체를 감출 수 있었고 마침내 여기까지 왔어. 아진아, 내가 죽은 이후 너도 김태하에게 쌓인 게 많은 것 같은데… 그런데 지금 이 순간은 내게 양보해 줬으면 해."

아진은 길게 고민하지 않았다.

그 역시도 김태하의 목을 베고 싶은 마음이 간절했으나, 자신의 모든 걸 잃고 복수의 칼만 갈아온 박지만보다는 덜하다고 생각했다.

그가 스케라 소드를 거두어들인 뒤 아공간에 집어넣었다.

이를 본 박지만이 김태하의 이마에 손을 얹었다.

"으어… 어어어! 어어어아아악!"

김태하가 알아들을 수 없는 고함을 내질렀다.

그 안에는 분노와 처절함이 뒤섞여 있었다.

"지옥으로 떨어져라, 김태하."

박지만의 스산한 음성이 들려옴과 동시에.

스으으으으으—

"우어어어어어어어!"

김태하의 생명이 박지만에게 빨려 들어갔다.

"끄어어어어! 으어어어! 아아아아아!"

김태하는 눈이 튀어나올 듯 부릅뜬 채 비명을 질렀다.

그의 몸에 있던 근육이 줄어드는가 싶더니 피부가 짜글짜글해졌다.

머리카락이 희게 세다가 전부 빠졌다.

피부는 검게 물들어 피골이 상접한 것이 미라가 따로 없었다.

"으어… 어……."

김태하는 기력이 쇄해 더 이상 비명을 지르지 못했다.

박지만은 멈추지 않고 김태하의 생명력을 흡수했다.

"……."

김태하가 입을 쩍 벌리고 그대로 굳었다.

뼈만 앙상한 그의 얼굴에서는 더 이상 생기를 찾아볼 수 없었다.

박지만이 김태하의 모든 생명력을 흡수해 버린 것이다.

"잘 가라, 지옥으로."

그가 김태하의 몸에서 손을 뗐다.

"지만아."

"고마워, 아진아. 내게 양보해 줘서."

아진이 착잡한 시선으로 김태하의 시신을 내려다봤다.

드디어 끝이 났다.

그토록 자신을 괴롭혔던, 세상에서 가장 복수하고 싶었던 인간이 숨을 거뒀다.

그에게는 일말의 동정의 여지도 없었다. 녀석은 너무나 많은 죄를 지었다. 그럼에도 죄의식이라는 것이 없었다. 그대로 놓아두면 분명 더 큰 일을 벌였을 작자였다. 때문에 죽는 것이 맞았다.

그런데도 아진의 심경이 마냥 후련하지만 않은 것은 이후의 일 때문이었다.

아진이 김태하를 작살내 놓은 건 맞지만 그를 직접적으로 죽인 것은 결국 박지만이었다.

아무리 그럴 수밖에 없는 상황이었다고 하더라도 법의 처벌을 면하기는 힘들 것이다.

박지만도 아진의 시선 속에서 그런 걱정을 읽었다.

"걱정하지 마, 아진아. 전부 각오했던 일이야."

"그래. …미안하다."

"미안할 게 뭐가 있는지 모르겠다. 난 오히려 너한테 고마운데. 그나저나 뒤에 몬스터가 안고 계시는 분, 아버지야?"

아진이 고개를 끄덕였다.

이제는 정말로 더 이상 지체할 시간이 없었다.

지금도 케산의 독은 송찬의 몸속에서 퍼져 나가고 있는 중이었다.

"네 옆에 있어주고 싶은데 아버지 상태가 많이 심각해서 그럴 수가 없겠다."

"어쩌시길래?"

"케산의 독에 당했어."

"케산의 독? 설마 김태하 이 새끼가?"

"맞아. 아무튼 나중에 다시 얘기하자, 지만아. 네가 다시 살아 돌아와서 정말 다행이다."

아진이 송찬을 품에 안은 뒤 블링과 예티, 꼬맹이를 봉인시켰다.

타조는 계속해서 송찬에게 회복 마법을 시전하는 중이었다.

한데 그것도 이제 한계였다.

타조가 하루에 시전할 수 있는 회복 마법의 최대 횟수를 전부 다 소모해 버린 터였다.

아진은 송찬을 안은 채 타조에 올라타려 했다.

그런데 박지만이 아진에게 다가왔다.

"잠깐만."

"응?"

박지만이 손을 뻗어 송찬의 손을 잡았다.

"내가 도움을 줄 수 있을 것 같아."

"뭐?"

"난 내가 하고자 하는 일을 끝냈어. 이제 더 이상 미련은 없어. 어차피 같은 비욘더를 죽인 이상 그 끝이 편할 수는 없을 거야. 그렇다면 내 마지막은 내가 정하겠어."

"너, 설마……."

아진이 박지만을 말릴 새도 없이, 그는 라이프 인젝션을 사용했다.

박지만의 몸에 가득한 생명의 기운이 전부 송찬의 몸 안으로 흘러 들어갔다.

"지만아!"

아진이 그런 박지만을 밀어내려 했다.

그는 지금 모든 생명을 송찬에게 불어넣고 스스로의 생을 끝내려 하고 있었다.

하지만 박지만은 아진을 똑바로 바라보며 서서히 고개를 저었다.

"부탁이야. 다른 누군가가 아닌 내가 끝낼 수 있게 해줘."

박지만의 음성에는 간절함이 담겨 있었다.

아진이 내밀던 손을 멈추고서 아랫입술을 피가 나도록 깨물었다.

그가 가슴이 턱 막혀 잘 나오지도 않는 목소리를 억지로 쥐어짰다.

"그래, 알겠다. 그리고… 고맙다."

"나야말로."

그리 말하며 미소 짓는 박지만의 얼굴 가죽이 스르르 흘러내렸다.

뚝. 투둑.

이어 왼쪽 팔이 떨어졌다.

그의 몸에서 시체 썩는 냄새가 진동했다.

송찬을 잡고 있던 손도 피부가 전부 녹아내려 뼈가 드러났다.

그에 비례해 도통 낫지 않던 송찬의 상처는 빠르게 치유되고 있었다.

맑고 거대한 생명의 기운이 해독 포션으로도 어찌할 수 없는 케산의 독을 정화시키고 있었다.

점점 산송장이 되어가는 지만의 모습을 보며 아진의 목울대가 너울거렸다.

송찬의 몸에 퍼진 독은 전부 정화되었고 상처도 완벽하게 아물었다.

박지만이 마지막 남아 있는 한 방울의 생명까지 전부 송찬에게 주입하고는.

"왕따당할 때… 네가 있어서 조금 더 버틸 수 있었어. 내 인생에 아진이 네가 있었던 게 정말 다행이야. 그리고 이렇게 네게 빚을 갚을 수 있게 돼… 다행……."

털푸덕.

그대로 허물어졌다.

*   *   *

"지만아… 지만아!"

난 아버지를 타조에게 맡기고 얼른 힐링 포션을 꺼내 지만이에게 먹였다.

하지만 지만이의 상태는 점점 더 악화되었다.

도저히 약이 들질 않았다.

이건 아니다.

이런 결말은 내가 용납할 수 없다.

뭔가 방법이 없을까? 이대로 지만이가 죽는 걸 그냥 지켜봐야만 하는 건가?

짧은 순간 동안 갖가지 생각이 머릿속에 떠올라 엉망으로 뒤엉켰다.

한데 그때였다.

끼이이이이이이익—!

붉은색 스포츠카가 질풍처럼 달려와 경비실 앞에 멈춰 섰다.

아니, 더 정확히 말하자면 내 코앞에서 멈춰 섰다. 브레이크를 조금만 늦게 밟았어도 그대로 치일 뻔했다.

가뜩이나 정신없는데 대체 이거 뭐야?

내가 당황하는 사이, 운전석 문이 열리며 차서린이 내렸다.

"마스터 차?"

차서린은 내 말을 들은 척도 않고 지만이의 왼쪽 가슴에 귀를 가져갔다.

이미 박지만의 피부는 전부 썩어 피고름이 흘러내리고 있었다.

그러나 차서린은 그게 얼굴에 닿든 말든 신경도 쓰지 않았다.

잠시 동안 그러고 있던 차서린이 벌떡 일어나 손가락을 튕기며 소리쳤다.

"샤이 걸, 빨리 튀어나와요!"

그에 스포츠카의 조수석 문이 열리고 초신성 중 한 명인 광휘의 민아림이 모습을 드러냈다.

"민아림?"

"아, 안녕하세요."

사람 얼굴 제대로 쳐다도 못 보고 부끄러움 타는 모습은 그대로였다.

"인사는 나중에 나누고 빨리 와요!"

"네, 네!"

민아림이 후다닥 차서린의 곁으로 달려왔다.

"아직 심장 뛰어요. 하지만 십수 초도 견디지 못할 거야. 치료 가능해요?"

"사, 살아만 있으면요."

"살려요, 그럼."

차서린이 민아림에게 신뢰 가득한 시선을 보냈다.

민아림이 고개를 끄덕이고서 지만이의 가슴에 손을 얹었다.

그러자 그녀의 손에서 환한 빛이 흘러나왔다. 그 빛은 곧 지만이의 몸으로 옮겨 가 스며들었다.

　"마스터 차. 소용없어요. 힐링 포션도 먹히지 않았어요. 지만이는 생명을 흡수해서 몸의 부패를 막아왔어요."

　"그래서요?"

　"회복 마법도 결국 힐링 포션과 비슷한 법칙으로 상처를 치료하는 건데 들어먹힐 리가……!"

　버럭 소리를 치는 순간, 나는 보았다.

　지만이의 손가락이 미세하게 떨리는 것을.

　"…어?"

　아마 지금 내 얼굴은 놀란 사슴 같겠지.

　이게 대체 어떻게 된 일이지?

　"회복 마법이 먹혔어?"

　차서린이 씩 웃으며 내 귀에 대고 속삭였다.

　"내가 그런 것도 모를까 봐서요, 우리 고딩? 민아림은 마법 같은 거 사용할 줄 몰라요. 알고 있잖아요? 그녀가 센서블 비욘더인 거."

　"그건 아는데… 그럼 아림 씨는 어떻게 상처를 치료하는 건데요?"

　"생명 에너지."

　"네?"

　"그녀는 자신의 생명 에너지를 나눠줘요."

"농담도 정도껏 해요. 그랬다가는 남 살리려다가 자기가 골로 간다고."

"일반인과 같은 양의 생명 에너지를 갖고 있다면 그랬겠지만, 재미있게도 우리 샤이 걸은 보통 사람의 천 배에 달하는 생명 에너지를 갖고 계시거든요."

"처, 천 배?"

"저 능력 사용 안 하고 세월아 네월아~ 하면 한 1만 년은 살려나?"

"무, 무슨 그런."

말문이 턱 막혔다.

그거 거의 불사신 아닌가?

"아, 하지만 샤이 걸도 몬스터랑 싸우다가 목이 잘리면 죽어요. 큰 사고 없이 무탈할 경우 그렇게 산다는 거지. 지금처럼 생명 에너지 마구 나눠줘도 이삼백 년은 거뜬히 살아남을 걸? 그것도 아주 탱탱한 모습으로."

그 말을 듣고 나니 민아림이 다시 보였다.

5인의 초신성 중 가장 대단한 사람은 바로 민아림이었다.

우리가 대화를 나누는 사이 지만이의 상태는 몰라보게 좋아지고 있었다.

맺혔던 고름이 전부 밖으로 흘러내리며 새로운 살이 돋아났다.

썩었던 피부는 딱딱하게 굳어 쩍쩍 금이 가더니 탈피하듯 바닥에 우수수 떨어졌다. 그리고 깨끗한 살이 모습을 드러냈다.

민아림은 바닥에 떨어진 지만이의 왼팔을 들어 잘린 부위끼리 맞댔다.

놀랍게도 잘린 부위의 뼈가 붙고 근육이 이어지더니 새 피부가 자라났다.

썩어서 떨어진 팔이 다시 붙어버린 것이다.

그 광경은 놀라움을 넘어서서 가히 경탄스러웠다.

마치 신이 인간을 빚어내는 것만 같은 광경이었다.

"길드에 신고가 들어왔을 때 마침 그녀의 전리품을 정산해주고 있었죠. 두 사람이 맞붙었다기에 한 명은 죽겠구나 싶어 데리고 온 건데 지만 군이 있을 줄은 몰랐네요."

난 차서린의 말을 듣다가 한 가지 의문이 들었다.

"혹시… 민아림의 능력으로 지만이의 상태를 완전히 호전시킬 순 없나요?"

차서린이 고개를 저었다.

"전신을 상처 하나 없이 깔끔하게 만들어주는 것까지가 한계예요. 지만 군은 계속해서 능력을 이용해 생명을 흡수해야 하고, 그렇지 않으면 또다시 몸이 부패될 거예요."

"그런가요."

"물론 보통 사람처럼 살아갈 수 있는 방법이 아주 없는 건 아니죠."

이제 지만이의 몸은 언제 썩어가던 시체 같았냐는 듯 완전히 깨끗해져 있었다.

민아림은 멈추지 않고 지만이에게 생명력을 불어넣고 있었다.

그 두 사람을 가만히 바라보다가 차서린에게 말했다.

"혹시 그 방법이란 게……."

"맞아요. 두 사람을 늘 붙어 다니게 하는 거죠. 우리 샤이걸이 그걸 원할지 모르겠지만. 재미있죠? 한 사람은 타인의 생명을 흡수해야 살 수 있는 몸이고, 한 사람은 타인에게 생명을 주어야 저주에서 풀려날 수 있으니."

"저주에서 풀려난다니… 민아림 두고 하는 말인가요?"

"그럼 누구겠어요?"

"천년만년 사는 게 저주라고?"

"그럼 축복일까요? 나 같으면 아마 미쳐 버릴걸요. 백 년을 살아도 세상 시름에 지쳐 버리는 게 인간이에요. 그런데 만년 동안 그런 걸 견디면서 살라고?"

"아……."

그녀의 말이 어설프게 이해가 됐다.

확실히 그건 축복이라기보단 저주에 가까울 수도 있다는 생각이 들었다.

그때, 민아림의 손에서 생명의 빛이 사라졌다.

"후아."

그녀가 상기된 얼굴로 숨을 살짝 내쉬고 일어섰다.

"끝났어요."

차서린이 민아림에게 다가가 뺨을 부드럽게 어루만졌다. 화들짝 놀란 민아림이 뒷걸음질 쳤지만, 차서린의 손아귀에서 벗어날 순 없었다.

"아림 양 귀가 참 밝죠?"

"네, 네?"

"다 알아요. 일반인보다 청력이 엄청 발달한 거. 우리가 속삭이는 얘기 당연히 전부 들었을 테고."

"마, 마스터 차는 왜 다 알아요?"

나 지금 민아림의 저 질문 얼마든지 이해할 수 있을 것 같다.

대부분의 비욘더들이 차서린의 앞에 서면 늘 발가벗겨진 느낌이 든다고 하소연한다.

차서린은 비욘더들이 숨기려 하는 모든 비밀들을 귀신같이 알아낸다고 한다. 내 생각에 그녀가 제대로 파악 못 하고 있는 사람은 나밖에 없을 것 같다.

아무튼 그녀는 춘천 지부 소속 비욘더들의 속사정과 감추고 싶은 비밀들을 전부 알고 있으면서도 모르는 척하다가 결정적일 때 하나씩 터뜨리는 취미가 있다.

바로 지금처럼.

"앞으로 우리 샤이 걸은 지만 군과 함께 파티 매칭되도록 조치하겠어요."

"항상… 요?"

"올웨이즈. 물론 두 사람 다 전투 타입이 아니니 또 한 명의 비욘더가 함께해야겠죠. 그 비욘더는 랜덤으로 붙여줄게요. 오케이?"

"뭐… 누구랑 같이 던전을 토벌하든 그건 딱히 상관없으니까……."

그녀가 고개를 떨구고 양손의 검지손가락을 꾸욱꾸욱 맞대면서 혼잣말처럼 중얼거렸다.

"그렇지. 아림 양은 지극히 평범해서 따분하고 지루한 사람만 아니면 되잖아요? 특이한 사람일수록 좋잖아? 지만 군이 딱이죠?"

"그, 그렇게 너무 다 알지 않으면 안 될까요?"

특이한 걸 좋아하는 여자였어?

처음 만났을 때부터 뭔가 평범해 보이지 않는다는 생각은 했지만 저런 타입일 줄은 몰랐다.

"으으음……."

"어? 지만아!"

지만이의 입에서 미약한 신음이 흘러나왔다.

난 녀석에게 바짝 다가가 몸을 살짝 흔들었다.

전에 보았던 것과 달리 깔끔해진 얼굴은 살아생전 그의 모습 그대로를 담고 있었다.

"지만아?"

계속 지만이를 흔들었지만 도통 정신을 차리지 못했다.

그러자 차서린이 날 제지했다.

"기력이 너무 쇠해서 당분간 깨어나지 못할 거예요. 내가 병원으로 옮겨서 돌보도록 할게요."

"지만이는… 어떻게 되는 거죠?"

"저기에 있는 김태하 군의 시체, 쭈글쭈글 피골이 상접한 것이 지만 군이 그런 게 확실하네요."

"……."

"일단은 명백한 살인 행위를 한 거라서 과거 지만 군과 태하 군 사이에 원한 깊은 일들이 있었다 해도 법의 처벌을 받지 않고 넘어가기는 힘들겠죠."

역시 그렇게 되는 건가…….

"하지만."

하지만?

"아직 이 사건은 상부에 아무런 보고도 들어가지 않았어요."

"네? 그 말은 마스터 차가 아직 보고를 하지 않았다는 거예요? 왜요?"

차서린이 생긋 웃으며 대답했다.

"깜빡해 버렸네?"

…거짓말이다. 100퍼센트, 아니, 200퍼센트 거짓말이다. 다

른 건 몰라도 일에 관련해서는 철두철미한 그녀가 이런 실수를 할 리가 없다.

그리고 무엇보다 저 영업용 미소가 그녀의 말이 거짓임을 확실히 뒷받침해 주고 있다.

"그런 상황이니까 얼마든지 현장을 조작할 수 있어요."

조작이라니? 이 여자가 지금 제정신으로 하는 얘기야?

비욘더 길드 마스터나 되는 사람이 현장 조작을 선동하다니!

"그거 정말 마음에 드는 얘긴데 계속해 보세요."

"김태하 군은 아진 군과 싸운 게 아니에요."

"그럼 누구랑 싸운 걸까요?"

"길드 마스터에 들어온 십수 건의 신고 중 팔십 퍼센트 이상이 비욘더가 몬스터와 싸우고 있다는 내용이었어요."

"그렇게 생각했을 수도 있죠. 내 펫들은 누가 봐도 몬스터가 맞으니까."

"물론 나머지 이십 퍼센트는 비욘더끼리 싸운다는 내용이었구요."

"그래서 일단은 김태하가 몬스터와 싸운 것으로 하자?"

"빙고."

"하지만 그렇게 되면 문제가 생기잖아요. 가장 중요한 몬스터 시체는 어쩔 겁니까? 김태하는 몬스터와 싸우다 죽은 거고, 신고가 들어갔으니 비욘더들이 이곳으로 출동했을 테고,

그럼 그 비욘더들에게 잡혀 죽은 몬스터의 시체가 있어야 하는데, 그 시체를 어디서 구할 거예요?"

차서린이 타조를 슥 바라봤다.

"제 펫은 안 됩니다."

난 단호하게 잘라 말했다.

"그게 아니라 봉인시켜요. 완벽한 알리바이를 만들려면 그쪽 펫들 계속 시민들한테 노출시켜서 좋을 거 없어요."

"봉인, 타조."

차서린의 말대로 고분고분 타조를 봉인시켰다.

차서린이 주변을 슥 둘러봤다.

내 몬스터들이 난동을 부릴 때 근처에 있던 시민들은 모두 뿔뿔이 흩어졌다.

누구도 몬스터들 곁에서 싸움 구경을 하다가 모가지 날아가고 싶은 사람은 없었을 테니 당연한 현상이었다.

그리고 이곳 경비실은 위치상 다른 아파트 베란다에서 잘 보이지 않는다.

근처에 있는 101동만 조심하면 되는데, 거기에서도 밖을 내다보는 사람은 몇 안 되는 것 같았다.

그 정도는 봐도 상관없다.

일반 시민이 우리가 무얼 하려는 건지 알 리도 없고, 안다 해서 진실을 파헤치겠다며 뛰어들 일도 없기 때문이다.

타조를 봉인시키자마자 차서린이 스포츠카의 트렁크를 열

었다.

그리고 거기에서 자기 몸집만 한 붉은 보따리를 꺼내 왔다.

근데 저 보따리 어디선가 본 적이 있는데?

차서린이 보따리를 휙 던졌다.

죽어버린 김태하의 옆에 보따리가 쫙 펼쳐지며 그 안에서 난도질당한 몬스터의 시체가 튀어나왔다.

내가 황당한 시선으로 그녀를 보니 차서린이 씩 웃으며 말했다.

"매번 말하거든. 시체를 토막 내서 가져오지 말고, 전리품만 가져오라고. 그런데 류시해 그 개자식이 오늘 아침 또 이따위 짓을 했지 뭐예요? 그런데 이번에는 그게 도움이 되었네?"

미친 어릿광대, 매드 피에로 류시해!

그 인간의 변태적인 취미가 이번에는 홈런을 때렸다!

가만… 그런데 차서린 저 여자.

이런 만반의 준비를 했다는 건… 김태하가 죽을 걸 미리 알고 있었던 거야, 아니면 어떻게든 죽여 버릴 요량이었던 거야?

하여튼 대단한 여자다.

여러 가지 의미로.

"어떤 녀석 시체예요?"

"3레벨 몬스터 바라무스."

바라무스는 곰 같은 덩치에 이족 보행을 하는 피지컬 타입 몬스터다. 녀석의 특징은 꼬리가 길고 칼처럼 날카롭다는 것이다. 게다가 끝 부분에 마비독이 묻은 침이 달려 있다. 이 것을 칼처럼 휘둘러 적을 베기도 하고 침으로 찔러 마비시킨 뒤, 산 채로 뜯어 먹기도 한다.

그 녀석의 시체를 류시해가 가져온 것이다.

가만, 한데 바라무스를 잡았다는 건 3레벨 몬스터가 등장 하는 던전에 입장이 가능해졌다는 얘긴데?

"류시해, 설마 클래스 업했나요?"

"얼마 전에. 이제 4클래스죠."

말을 하며 차서린이 가늘게 뜬 눈으로 날 흘겨봤다.

"근데… 우리 고딩도 최근에 클래스 업하지 않았나?"

"그랬죠. 근데 눈을 왜 그렇게 떠요?"

"생각해 보니까 류시해 이 인간도 다른 비욘더들에 비해 비 정상적으로 성장이 빨라요. 고딩만큼은 아니지만. 둘 사이에 어떤 연결 고리 같은 게 있는 거 아닌가 싶은데?"

"카레이서 누나, 나 맘에 안 들죠?"

"아닌가요?"

"미안하지만 난 남자 같은 생명체랑 연결 고리 만드는 취미 가 없어서."

"좋아요. 일단 급한 일부터 해결하죠."

차서린은 피로 물든 보자기를 다시 차의 트렁크에 실으며 말을 이었다.

"최초 전투는 김태하와 이상 현상으로 던전 없이 지구에 나타난 몬스터들의 싸움이었어요. 그러다 김태하가 밀리기 시작했고 SOS를 보내왔죠. 그걸 길드에서 받았고 춘천의 모든 비욘더에게 연락을 취했어요."

"그리고 내가 가장 먼저 여기 도착했다?"

"맞아요. 하지만 도착하고 나서 보니 안타깝게도 김태하는 이미 몬스터에게 당한 이후였죠. 분노한 아진 군은 몬스터를 산산조각 내서 도륙하는 것으로 상황 종료. 아림 양도 나와 함께 나중에 도착했지만 김태하를 살려낼 순 없었던 거예요."

"그럼 지만이는요?"

"지만 군은 여기에 온 적도 없어야죠."

차서린은 기절한 지만이를 들고 차 뒷좌석에 실었다.

"개인적으로 잘 아는 병원이 있어요. 거기에 입원시킬 거예요. 유령환자로."

"알았어요. 잘 부탁해요."

차서린이 고개를 끄덕이고서 민아림에게 물었다.

"샤이 걸, 어디로 가?"

"저는 집으로……."

"으응~ 아니죠. 우리 공주님은 지만 군 따라 병원으로 가야겠죠?"

"네? 왜, 왜요?"

"의식불명인 상태로 며칠을 누워 있을지 모르는데, 그동안 라이프 스틸을 할 수는 없을 거 아니에요? 그럼 도로 썩다가 죽어버릴지도 모르니까 공주님이 곁에서 돌봐주도록 해요."

"밤낮으로요?"

"그럼요. 대소변은 간호사에게 부탁할 테니 생명력만 계속 보내줘요."

어떻게 보면 상당히 무리한 부탁일 수 있었다.

하지만 민아림은 곤란해하면서도 딱히 싫은 눈치가 아니었다.

마치 흥미로운 장난감을 발견한 듯한 시선으로 뒷좌석에 실린 지만이를 바라보고 있었다.

"오케이?"

차서린이 재차 묻자 민아림은 결국 승낙했다.

"그럴게요."

"좋아. 콜 못 받는 대신에 매일 천만 원씩 챙겨줄 테니까 너무 억울해하지 말고."

민아림은 고개를 끄덕이고서 조수석에 올랐다.

차서린도 운전석에 올라 창문을 내렸다.

"곧 경찰이랑 길드 측에서 보낸 수습반 올 거니까 그만 돌아가 봐요, 우리 고딩."

"마스터 차. 이번엔 고맙다는 인사를 안 할 수가 없겠네요. 고마웠어요."

내 인사에 차서린의 입꼬리가 씩 말려 올라갔다.

"어머~ 우리 고딩 철들었네?"

"카레이서 누나한테 그런 소리 듣기 전부터 철은 들어 있었는데?"

"당부 하나 해도 될까요?"

"얼마든지."

"조심해요."

"음… 머리, 꼬리 다 자르고 몸통만 내밀면 무슨 생선인지 파악하기가 영 힘든데."

"누군가 미행하는 것 같다거나, 모르는 이들이 접근해 온다거나, 아무튼 일상에서 일어나서는 안 되는 일들이 일어나면 무조건 연락해요."

"왜 갑자기 그런 말을 하는 건지 알고 싶은데요?"

"정부에서 아진 군을 눈독들이고 있어요."

아하, 정부에서 나를 노린다고?

너무 상상도 못 한 대답이어서 상큼할 정도다.

"무엇 때문에?"

"목적이 뭔지는 모르지만 아진 군의 힘이 정부 놈들에게 필요한 모양이에요. 그러니까 몸조심하고, 항상 경계해야 돼요, 주변을."

"머리, 꼬리 다 붙여보니까 상어였네요."

갑자기 스케일이 왜 이렇게 커지는 거야?

난 정부 이딴 놈들이랑 얽히지 않고 아부지랑 둘이 잘 먹고 잘 살면 그만인데.

"상어? 그 인간들은 아귀(餓鬼 : 탐욕의 귀신)예요."

그 말을 끝으로 차서린은 스포츠카를 몰고 떠났다.

"아귀라……."

난 혼자 중얼거리며 기절한 아버지를 품에 안았다.

"정부 놈들이고 뭐고 간에… 건들면 가만있지 않아요, 나도."

덕분에 하루빨리 더 많은 몬스터를 모아야 할 이유가 생겼다.

난 사건 현장을 벗어나 인적이 드문 곳에서 타조를 소환해 집으로 향했다.

*　　　*　　　*

아진이 떠난 것을 마지막으로 사건 현장 주변엔 고요와 적막만 가득 맴돌았다.

그때 갑자기 말라 비틀어져 있던 김태하의 시체가 움찔거리며 경련을 일으켰다.

그는 아진과의 전투로 왼쪽 다리와 오른쪽 손을 잃었다.

아직 붙어 있는 팔다리도 온전하진 않았다.

그런 몸이 지속적인 경련을 일으키니 흡사 좀비를 보는 것만 같았다.

그러다 어느 순간.

픽! 투드득! 퍼석!

그나마 멀쩡하던 팔다리도 떨어져 나가고 허리가 뜯어지며 검게 물든 피와 내장이 쏟아졌다.

김태하의 시체가 갈기갈기 찢어져 제멋대로 널브러지자 멀리 떨어진 곳에서 누군가의 만족스러운 추임새가 들려왔다.

"하음~"

빨주노초파남보, 총천연색으로 물들인 머리카락에 백설같이 하얀 얼굴. 양쪽 눈 밑에 자리한 작은 별과 하트 문신.

"이 정도는 해놔야 몬스터한테 찢겨 죽인 것 같지."

류시해였다.

그가 염력의 힘으로 김태하의 시신을 찢어버린 것이다.

"완벽해~ 아름다워. 꼭 한 편의 예술 작품 같잖아?"

짝짝짝짝짝짝!

류시해가 스스로 저지른 짓에 감탄해 격렬히 박수를 쳐댔다. 흥분이 가슴속에서부터 급격히 치고 올라와 절로 고개가 내저어졌다. 그러다 눈을 튀어나올 듯 크게 뜨고 턱이 빠져라 입을 벌리더니 미친 사람처럼 웃어댔다.

"하하하하하하하하하하!"

마치 한 편의 사이코 영화를 보는 것 같은 광경이었다.

그때 멀지 않은 곳에서 사이렌 소리가 들려왔다.

"우리 포졸이들 오늘도 고생하네?"

히죽 웃은 류시해가 기괴한 웃음을 거두어들이고 눈을 가늘게 떴다. 그가 바지 주머니에서 알약 여러 개를 꺼냈다.

흑곰파의 흑곰이 먹었던 것과 똑같은 모양의 알약이었다.

"내 즐거움을 방해하다니… 다 먹여 버릴까?"

잠시 고민하던 그는 키득거리며 고개를 저었다.

"참겠어. 맛있는 걸 되도록 빨리 먹으려면… 그치? 그나저나 갈수록 재미있어지네. 루아진, 무럭무럭 성장하렴~ 살이 많아야 잡아먹을 때 더 맛있지. 하음~"

미친 사람마냥 혼잣말을 해대던 류시해가 총총거리며 현장을 벗어났다.

경찰이 도착했을 때 그곳엔 몬스터와 김태하의 사체만이 어지럽게 널려 있었다.

*   *   *

집으로 돌아온 지 한 시간 정도가 흐르고 나서야 아버지는 정신을 차렸다.

"크헉!"

아버지는 화들짝 놀라 벌떡 일어나시다가 허리를 삐끗하시고는 도로 누웠다.

난 그런 아버지를 일단 진정시켜 드리고서 지금까지의 일에 대해 천천히, 최대한 자세하게 말씀드렸다.

당연한 얘기지만 아버지는 황당함과 놀라움이 뒤섞인 얼굴로 내 얘기를 듣다가 나중에는 착잡한 표정이 되었다.

그런 아버지께 통장을 건네드렸다.

하지만 아버지는 통장에 적힌 액수는 보려 들지도 않고 통한에 가득 찬 한숨을 내쉬었다.

"아버지, 기쁘지 않으세요?"

"그게… 조금 복잡하네."

"왜요?"

"네가 비욘더가 되어서 더는 왕따당하지 않는 것도 다행이고, 그래서 돈을 버는 것도 다행이다만……."

아버지가 누운 채로 말을 하다 말고 내 손을 꼭 잡았다.

"위험한 일이잖아, 그거."

"네?"

"몬스터랑 싸우는 거 아니냐. 비욘더들 중에서 죽은 사람도 제법 있는 걸로 아는데… 어떻게 애비 맘이 편해?"

"그런 걱정 안 해도 돼요. 안전하다고 할 수는 없지만 요즘에는 시스템이 좋아져서 예전보다 비욘더 사망률이 훨씬 줄었어요. 그리고 저는 직접 싸우는 게 아니라서 더 안전해요. 아까 말씀드렸죠? 제 능력이 몬스터 테이밍이라고."

"그, 그랬지. 근데 그게 정말 가능한 거니, 아진아? 몬스터를 길들이는 게?"

"처음에 아버지를 품에 안고 있던 거대한 녀석도 제가 길들인 몬스터라니까요. 음… 걔는 너무 크니까 여기서 소환할 수 없고 다른 녀석들 보여 드릴게요. 소환! 블링, 꼬맹이, 흰둥이, 샤오샤오!"

내 부름에 네 마리의 펫이 빛과 함께 나타났다.

펫을 본 아버지의 눈이 휘둥그레졌다.

"헉!"

아버지는 신음을 흘리더니 허리가 아픈 것도 잊으시고 다시 상체를 벌떡 일으켜 세웠다.

이런, 몬스터를 이렇게 가까이서 보는 건 처음일 텐데 신중하지 못했나?

아무래도 무서워하실 수 있을 텐……

"귀, 귀여워!"

어라?

이건 예상과 다른 반응인데?

아무래도 괜찮아. 무서워하는 것보단 훨씬 나으니까!

"얘들아, 안겨!"

내 명령에 블링이와 꼬맹이, 흰둥이는 아버지께 다가가 푹 안겼다.

"하하하하. 아이고 귀여워라~"

하지만 샤오샤오는.

"샤, 샤아아…….(나 쟤 몰라…….)"

내 뒤에 숨어서 부끄러워했다.

하여튼 샤오샤오 너도 참 일관성 있다.

난 아버지가 몬스터들의 귀여움에 푹 빠져 있을 때 얼른 말을 이어나갔다.

"걔들이 저 대신 싸워요! 그러니까 아들은 안전해요, 아버지."

"응? 얘들이 너 대신 싸운다고?"

"네!"

"으음… 그, 그거 괜찮은 거냐? 이렇게 귀여운 애들을… 다치기라도 하면 어쩌려고. 어째 몬스터 학대 같기도 하고…….."

맙소사, 아버지.

그건 너무 나간 것 같습니다.

안 되겠다, 방법을 바꿔야지.

나는 아버지가 손에 쥐기만 하고 있던 통장을 쫙 펼쳐서 눈앞에 들이댔다.

"아버지, 그런 말씀 할 때가 아니에요. 아들이 얘들 덕분에 몬스터 잡아서 돈을 얼마나 많이 번다구요!"

"아무리 그래도 그렇지, 그 돈 얼마나 번다고 얘들을 시켜서 몬스터를 때려 잡……."

아버지가 말을 하다 말고 눈을 꿈뻑꿈뻑거리더니 머리를 좌우로 탈탈 털었다가 다시 통장을 뚫어져라 쳐다봤다.

그러더니 기겁하며 물었다.

"오, 오억?!"

"네."

"처, 천만 원을 모으기도 힘이 드는데 오억?"

"그 힘든 걸 제가 해냈습니다."

"정말로 오억이 맞는 거니, 아진아?"

"그럼요."

"......."

통장 속 액수를 보더니 아버지도 비로소 할 말이 없어지신 모양이다.

하지만 그렇다고 마냥 좋아하는 눈치는 또 아니었다.

난 이래서 우리 아버지를 사랑한다. 무조건 돈에 눈 돌아가는 타입은 아니시거든.

아버지는 속으로 이런저런 생각을 정리하는 눈치였다.

그래서는 안 되지. 이렇게 좋은 날, 복잡한 심경으로 남은 시간을 보낼 수는 없는 법.

"아버지! 오늘 원하는 거 있음 다 말씀하세요! 생일 선물로 아들이 통 크게 쏩니다! 뭐든 다 사 드릴게요!"

"아이고, 됐다. 네가 위험하게 번 돈 어떻게 막 써. 괜찮아."

"그렇게 말씀하시면 저 정말 서운해요."

"어? 그, 그래?"

"그러니까 어서 말씀해 보세요."

"우리 아진이가 번 돈 막 쓰는 게 좀 그런데……."

"아유, 괜찮아요. 통장에 얼마 있는지 봤잖아요? 다 말해요!"

결국 아버지는 마지못해 수긍하는 눈치였다.

"그럼 저……."

얼마나 큰 걸 바라시기에 저토록 뜸을 들이시는 걸까?

뭐든 좋습니다! 아버지가 원하는 거 다 사 드리겠습니다! 차를 원하시면 차를! 집을 원하시면 집을! 다 사 드릴게요!

"음, 그러면은."

머뭇거리던 아버지가 드디어 입을 열었다.

"도, 돈가스 먹으러 갈까?"

"…네?"

"오늘은 그냥 돈가스 말고 아진이가 통 크게 쏜댔으니까 치즈 왕돈가스 먹고 싶네? 하핫."

아버지는 치즈 왕돈가스를 먹고 싶다고 말한 것 자체가 사치라고 느꼈는지 뒷머리를 긁적이며 머쓱하게 웃었다.

오억이라는 금액까지 본 분께서 저러신다.

아껴 쓰고 절약하는 게 평생 몸에 배어버린 것이다. 습관은 쉽게 고칠 수 없다. 시간이 흘러야 나아진다.

앞으로 돈가스 하나 사 먹는 게 부담이 되지 않도록 제가 더 잘할게요!

아버지 아들이 진심으로 사랑합니다. 그리고.

"생일 축하합니다, 아부지!"

아버지는 아이처럼 해맑게 웃으면서 좋아하셨다.

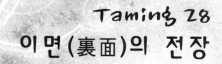

Taming 28
이면(裏面)의 전장

　김태하 사건이 있은 지 일주일이 지났다.

　김태하에 대한 일들은 차서린이 미리 짜놓은 판대로 흘러 갔다.

　그는 이상 현상으로 던전 없이 소환된 몬스터와 싸우던 차에 죽은 것으로 처리되었다.

　아무도 그날 있었던 나와 김태하, 지만이의 일에 대해서는 알지 못했다.

　그리고 그 이후 지동찬은 학교를 자퇴했다.

　콜을 받아 나가는 던전에서도 지동찬과 마주치지 못했다. 아마 일부러 콜을 받지 않는 것이겠지.

특별한 사유 없이 콜을 한 달 이상 받지 않으면 특별감시대상으로 분류된다. 비욘더가 자신의 능력을 악용하고 다니면 안 되기 때문이다.

뭐 그건 지동찬이 본인 스스로 알아서 해결해야 할 문제다. 나는 더 이상 그 녀석의 일에 신경 쓰지 않기로 했다.

내 눈앞에 두 번 다시 나타나지 않는 한은.

*　　　　*　　　　*

학교를 파하고 집으로 돌아왔다.

"아부지~!"

"아진이 왔냐!"

부엌에서 앞치마를 걸치고 요리를 하시던 아버지가 날 반겨 주었다.

경비 일을 그만두신 이후, 아버지는 놀면 뭐하냐며 집안 살림 도맡는 걸 자처하셨다.

평생 음식이라고는 김치찌개밖에 만들어본 적이 없는 분이신데, 지금은 이것저것 여러 가지를 인터넷으로 배우고 익혀 나가는 중이다.

맛이 어떠냐고 묻는다면 객관적으로는 별로지만, 주관적으로는 감동이다.

아버지랑 같이 저녁을 먹고 난 뒤, 난 뒷산으로 올라가 펫들을 모두 소환했다.

일주일 동안 던전을 열심히 돌면서 몬스터를 꾸준히 먹이로 던져준 결과, 타조와 예티가 전부 6성으로 진화했다. 3레벨 몬스터는 6성이 진화 최고 등급이다.

타조는 덩치가 전보다 0.5배 정도 커졌다. 그리고 깃털이 붉은색으로 물들어 더 날카롭고 굵어졌다. 전체적인 외형이 이제는 타조라기보다는 전설 속의 새 불사조와 흡사했다.

아울러 날갯짓으로 강력한 태풍을 일으켜 그 안에 깃털을 섞어 적을 도륙하는 새로운 필살기도 얻었다.

예티는 키가 3미터를 초과했다.

그만큼 덩치도 커졌다.

그러나 민첩성은 조금도 줄어들지 않았다. 그에 반해 근력과 지구력은 훨씬 강력해졌다.

그리고 소닉붐의 위력이 기존에 배 이상 강력해졌고, 몸을 동그랗게 말아 사방을 굴러다니며 적들을 깔아뭉개는 기술을 터득했다.

얘네 둘 빼고 다른 녀석들은 달라진 게 없었다.

1레벨 몬스터인 블링이와 꼬맹이, 2레벨 몬스터 휜둥이는 5성이 최대 성장치이기 때문에 더 이상 성장하는 게 무리였다.

그리고 샤오샤오는 4레벨 몬스터인 만큼 어지간히 몬스터를 잡아먹어서는 성장하기가 힘들었다. 때문에 타조와 예티부터 성장시킨 것이다.

"자, 그럼 실전 훈련을 실시한다!"

펫들이 일제히 고개를 끄덕였다.

일주일 전부터는 아침 조깅과 더불어 하교 후, 뒷산에서 실전 훈련도 겸하고 있었다.

실전 훈련이란 특별한 방법이 있는 건 아니다.

펫들끼리 대련을 붙이는 것이다.

방식은 일대일이 아닌 일 대 다수의 난투전.

동료는 없고 모두가 적이다.

"대련 준비!"

몬스터들이 둥그렇게 모여서 전투 자세를 취했다.

"대련 시작!"

명령이 떨어지자마자 몬스터들의 시선이 일제히 샤오샤오에게 향했다.

어라? 저 녀석들 설마 샤오샤오를 협공하려는 건가?

그러고 보니 난투전에서의 최종 승리자는 늘 샤오샤오였다.

이 녀석은 펫들이 난투를 벌일 때 나무나 바위 뒤에 숨어 있다가 기회를 틈타 한 명씩 녹다운시키는 꼼수를 자주 사용했다.

몇 번 그것에 당하다 보니 다른 펫들도 약이 오른 모양이다.

내가 정한 난투의 룰을 어기고 협공을 펼치려 하니 말이다.

원칙대로라면 제지해야 맞겠지만 그냥 두기로 했다.

나도 결과가 어찌 될지 궁금했기 때문이다.

다섯 마리의 펫들이 일제히 샤오샤오에게 달려들었다.

"샤, 샤아아?"

놀란 샤오샤오가 어찌할 줄 모르고서 좌우를 살폈다.

그러다 펫들의 공격이 날아드려는 순간!

"샤, 샤아? 샤샤?(나, 나 때릴 거야?)"

샤오샤오가 잔뜩 상기된 얼굴로 큰 눈망울을 반짝반짝 빛내면서 몸을 파르르 떨었다.

그에 맹렬하게 달려들던 펫들이 일제히 굳었다.

마치 비디오를 플레이하다 일시 정지 버튼을 누른 것 같았다.

순간 난 보았다.

샤오샤오의 눈빛이 반짝! 하고 빛나는 걸!

그때 펫들은 눈치챘어야 했다.

"샤아앗!(부끄러!)"

퍼퍼퍼퍼퍽!

녀석들이 멈칫! 하는 순간 샤오샤오의 손은 눈보다 빨라진다는 것을.

"뀨!"

"토톳!"

"라랑~"

"듀라라!"

"우루루!"

펫들이 전부 널브러져 헤롱거리며 뻗어버렸다.

샤오샤오는 그런 펫들을 보며 어쩔 줄 몰라 하고 있었다.

"샤하아. 샤아."

"…아무래도 오늘 난투전은 무리겠다."

샤오샤오 저 녀석, 4레벨 몬스터가 아닐지도 몰라.

*　　　　　*　　　　　*

펫들을 봉인하고 집으로 돌아가는 길.

던전 레이더에서 알림음이 울렸다.

확인해 보니 춘천 비욘더 길드로부터 내려온 긴급 소집 명령이었다.

위치는 칠전동에 있는 드름산 정상.

"왜 갑자기 여기로 모이라는 거지?"

여태껏 한 번도 이런 일이 없었기에 뭔가 시급을 요하는 사건이 벌어진 듯했다.

"소환, 타조."

내 부름에 응한 타조가 붉은 깃털을 고고하게 휘날리며 나타났다.

난 녀석의 등에 훌쩍 올라탔다.

"드름산 정상으로."

"우루루!"

타조는 힘차게 울어젖히며 이륙해 전광석화처럼 날았다.

*　　　　*　　　　*

드름산 정상에는 이미 열댓 명 정도의 비욘더들이 모여 있었다.

타조는 그들과 조금 떨어진 곳에 착지했다.

난 타조를 봉인시키고서 비욘더들에게 다가갔다.

그러자 던전 레이더가 위험신호를 보내오기 시작했다.

삐삐삐삐삐—

이건 던전이 열리기 전 발생하는 에너지 파장을 감지했을 때 내는 알림음이었다.

보통은 던전이 열리고 난 뒤 비욘더들에게 콜을 보내는 게 정석이다.

한데 이번은 던전이 열리지도 않았는데 미리부터 비욘더들을 소집했다.

그것도 이렇게 많은 비욘더들이 현장을 찾았다는 건 전체 소집 명령인 모양이었다.

자리에 모인 비욘더들 중 대부분은 안면이 있는 사이였다.

나도 춘천에서 비욘더 생활을 한 달 넘게 하다 보니 많은 비욘더들과 면을 트게 되었다.

하지만 내가 먼저 상대방에게 싹싹하게 다가가는 타입은 아닌지라 말을 섞어본 비욘더들은 극히 드물다.

"여~ 아진아, 왔냐?"

저렇게 먼저 반겨주는 남지혁이나.

"어이, 5인의 초신성! 그때 이후로 첨 보네. 늦었지만 축하한 다."

누구한테든 능글맞게 다가가는 김주혁 정도의 성격을 가진 비욘더가 아닌 이상 나와는 친분을 쌓기는 힘들었다.

"형들도 잘 지냈죠?"

말을 하며 비욘더들의 면면을 슥 훑었다.

나를 빼고 총 열다섯 명.

확실히 아는 사람은 설소하, 이환, 남지혁, 김주혁, 독고진, 조동혁, 강철수 정도? 나머지 여덟 명 중 다섯은 얼굴만 알겠 고, 셋은 처음 본다.

하지만 초면인 세 비욘더는 나를 확실히 인지한 눈치였다.

이미 내 소문이 비욘더들 사이에서 제법 퍼져 있는 상황인 데다 김주혁이 오인의 초신성이라고 방정을 떨었으니 모르는 게 이상했다.

나 말고 기존의 멤버였던 이환, 류시해, 민아림, 지만이의 모 습은 이미 모든 비욘더가 알고 있기 때문이다.

"잘 지냈어요, 아진 님?"

내가 미리 도착한 일행들 틈으로 합류하니 이환이 반갑게 인사를 건네왔다.

　"그렇게 신난 얼굴로 물어보면 잘 못 지냈어도 잘 지냈다고밖에 말할 수 없겠네요."

　"에? 아, 죄송해요. 그럼 잘 못 지내셨나요?"

　"그냥 농담한 거예요."

　순간 이환이 당황스러운 얼굴로 재차 물었다.

　"어느 부분이 농담이었던 거죠?"

　"…아니, 그냥 진담이었던 걸로 칩시다."

　진짜 고지식의 끝판왕 같은 여자다.

　"잘 지냈냐, 루아진."

　옆에서 참 듣기 거북한 목소리가 들려 고개를 돌려보니 아니나 다를까 근육돼지, 독고진이었다.

　녀석은 민망함과 뻘쭘함을 감추기 위해 엄청나게 노력하고 있었다.

　안면 근육이 다 경직되어 있는 게 그 증거였다.

　"이렇게 인사 나눌 만큼 가까운 사이였나? 우리가?"

　"…그때는 미안했다."

　"사과 한마디 건네서 모든 잘못이 없어지는 거라면 얼마나세상 살기 편하겠어. 그렇지?"

　내 말에 독고진의 미간이 와락 구겨졌다.

　그럼 그렇지. 내가 너 괜히 다른 사람들의 불편한 시선 때문에 연기하는 건 줄 익히 알아봤다.

저게 진심인지 아닌지 떠보려고 살짝 긁었을 뿐인데 바로 본심 드러나는 거 봐라.

수양이 부족하다, 중생아.

"내가 그날 실수했던 건 인정하지만 선배가 먼저 숙이고 들어오는데 너무하는 거 아니냐?"

"니미, 선배가 선배 노릇을 해야 대접해 줄 마음이 생기지."

"뭐? 너······!"

"너 뭐? 짖고 나서 생각하지 말고, 생각한 다음 짖어. 돌이킬 수 없는 실수 하지 마. 두 번 다시 그 턱으로 밥 씹지 못하는 수가 있으니까."

"크윽······!"

독고진은 차마 더 말을 잇지 못하고 바들바들 떨었다.

그때 뒤에서 호탕한 웃음소리가 터져 나왔다.

"푸하하하하하하!"

강철수였다. 정확한 나이는 모르겠으나 대략 사십 대 초반 정도 되어 보인다.

그는 설소하처럼 전국에서 비욘더 서열 100위 안에 드는 실력자다. 냉정하게 비교해 보자면 설소하보다는 그가 더 강하다. 실제 서열도 그렇다.

전직은 강력계 형사였다.

그러다 능력을 각성하면서 형사 일 때려치우고 비욘더가

된 것이다.

몽타주만 보면 청렴결백한 정의의 형사보단 온갖 비리라는 비리는 다 저질렀을 법한 악덕 형사 쪽에 더 가깝다.

하지만 사람 외모로만 판단할 수 있는 건 아니니까 섣부른 짐작은 보류해 놓았다.

그와는 세 번 정도 길드 안에서 몬스터 전리품을 정산하다 마주친 적이 있었다.

그러다 보니 통성명만 해둔 상황이었다.

그가 내게 다가와 어깨를 툭툭 두들겼다.

"그렇지. 선배가 선배 노릇 해야 대접을 받지. 미러클 테이머 루아진 맞지? 말 시원시원하게 하는 게 맘에 든다. 몇 살이냐?"

"열여덟인데요."

"고딩? 더 가관이네. 완전 안하무인이구나. 너 4클래스지?"

벌써 내 클래스에 관한 것도 소문이 다 퍼져 나간 모양이다. 물론 그 출처는 차서린이겠지.

"아저씨는 몇 클래스예요?"

강철수가 씩 웃으며 손가락 다섯 개를 쫙 펼쳐 보였다.

"5클래스?"

"그래. 얼마 전에 클래스 업했지. 조만간 십존에 이름 올릴 테니까 내 얼굴이랑 이름 잘 기억해라. 그리고 아저씨가 뭐냐, 새끼야. 형이라고 불러."

"그래요, 형."

"푸하하하하하! 이 새끼 진짜 맹랑하네. 앞으로 아는 척하자."

강철수가 내 등을 툭 치고서 원래 있던 자리로 돌아갔다. 독고진도 면피 좀 하려고 내게 어설프게 접근했다가 더 쪽만 팔린 채 멀리 떨어졌다.

그 무렵, 군부대가 우르르 몰려와 콘크리트 바리케이드를 치고, 장갑차과 탱크로 2차 바리케이드를 만들었다.

이후 무장한 버스를 끌고 와 3차 바리케이드를 만든 후 막사를 세우고 군 장병들이 총을 들고 나와 파장의 근원지를 향해 포위하듯 섰다.

대체 무슨 일이 벌어지려는 거야?

던전 레이더를 확인해 봐도 여기서 에너지 파장이 인다는 것을 감지할 뿐, 그 외에 다른 정보는 전혀 표시되지 않았다.

나뿐만 아니라 다른 비욘더들도 영문을 모르는 얼굴이었다.

그러는 와중, 네 명의 비욘더가 더 도착했다.

이어 모든 사람의 던전 레이더에서 통신음이 울린 뒤 차서린의 목소리가 흘러나왔다.

─동원 가능한 비욘더들은 전부 모인 것 같으니 현 상황에 대해 설명해 드릴게요. 현재 여러분들이 집결한 그 장소에서 여태까지와는 비교도 할 수 없을 만큼 거대한 에너지의 파장

이 감지되었어요.

"춘천에서도 최초로 5레벨 던전이 열리는 건가?"

조동혁의 말이었다.

그는 키가 크고 조각같이 잘빠진 근육질 몸매의 소유자로 날카로운 인상이 매력적인 30대 초반 남성이었다.

피지컬 비욘더인 그와는 한 번 만나 던전을 토벌했었다.

─그 이상일 수도 있어요.

차서린의 말에 모두의 얼굴에는 놀란 기색이 자리했다.

5레벨 던전은 몇 달 전 서울과 전라도, 경상도에서 한 번씩 열렸었다고 들었다.

디멘션 임팩트 이후의 역사를 되짚어보면 인류를 궤멸까지 몰고 간 몬스터가 4레벨의 아틀락 나챠였다.

하지만 이지스 실드가 만들어지며 인류는 몬스터를 상대하기 수월해졌고, 계속해서 빠른 발전을 이룩해 나갔다.

비욘더들의 수준도 그때보다 훨씬 상향되어 이제는 5레벨 몬스터들이 튀어나오는 던전이 열려도 실력 있는 비욘더들이 대거 투입되면 어떻게든 제압할 수는 있었다.

여기서 중요한 건 '어떻게든 제압'했다는 것이다.

비욘더의 희생은 아찔할 정도로 많았고, 토벌하는 데도 보름가량이 걸렸다고 한다.

그나마도 던전 안에 5레벨급 몬스터의 개채수가 적었기에 가능한 일이었다.

그런데 그보다 더한 던전이 열려 버리면 이건 재앙이 도래하는 것이나 다름없었다.

—이미 전국적으로 연락을 취한 상태이니 지금도 서열 100위권 안의 랭커 비욘더들이 이곳으로 다가오는 중이에요. 여러분들은 그들이 도착하기 전에 던전이 열리지 않기를 기도하세요.

"한데 차 낭자."

설소하가 무언가 물어볼 요량으로 차서린을 불렀을 때였다.

쿠구궁!

갑작스레 일대에 진동이 일었다.

이어 한 지점에서 뿜어져 나온 아찔한 기운이 파문처럼 퍼져 나갔다.

"뭐, 뭐야, 이거!"

남지혁이 미간을 찌푸리며 소리쳤다.

나를 비롯한 모든 사람들이 이 기운을 느끼고 있는 모양이다.

좌중을 무겁게 짓누르던 기운은 급하게 한데 모여들었다.

이윽고 기운이 응집된 허공에 균열이 일었다.

쩌저적!

"공간이… 갈라져?"

김주혁은 넋이 나가 중얼댔다.

그의 말대로였다.

아무것도 없던 공간이 갈라졌다. 계속해서 길게 갈라지던 공간은 이윽고 쫘악―! 하며 입을 벌렸다.

순식간에 생겨난 타원형의 입구는 빛과 암흑이 뒤섞인 기이한 형태를 하고 있었고, 보랏빛 스파크가 간헐적으로 튀었다.

비욘더들은 전부 생소한 눈으로 그것을 바라보고 있었다.

하지만 나는 그게 무언지 잘 안다.

마법사들이 가상으로 만든 이면세계로 통하는 차원의 입구다.

"저게 왜 지구에?"

입구를 가득 메운 채 뒤섞이던 빛과 어둠이 일순간 사라졌다. 대신 그 자리를 아크릴 판 같은 하얀 막이 채웠다.

그리고 입구 위에 6이라는 숫자가 떠올랐다.

"저게 대체 뭐야?"

오늘 처음 보는 비욘더가 얼빠진 얼굴로 물었다.

하지만 누구도 그에 대한 대답을 해주지 못했다.

나 말고는 아무도 저 이면세계의 문에 대한 지식이 없을 것이다.

지구인이니까.

그러나 에스테리앙에서 살아본 경험이 있다면 저게 무언지 대번에 알 수 있다.

저것은 말 그대로 이면세계로 통하는 문이다.

저 안으로 들어가면 이곳도 저곳도 아닌 가상의 세상이 나타난다.

그것은 차원이동 같은 게 아니다.

마법사들이 가상으로 만든 허구의 세상일 뿐이다.

그곳을 이면세계라 부르기도 하고 다른 말로 필드(Field)라 부르기도 한다.

그럼 에스테리앙에서 저런 필드를 왜 만들어냈느냐?

그곳은 왕권 정치가 펼쳐지는 세상이고 귀족 사회를 이룩하고 있다.

귀족들은 하나같이 욕심이 많은 부류들이다.

때문에 그들은 툭하면 서로 전쟁을 벌였다.

물론 대부분이 정치 싸움으로 벌어진 것이었다.

한데 문제는 이 전쟁이라는 것이 너무나 소모적이며 주변에 많은 피해를 주기에 국가 내부적으로 전력 손실이 막심하다는 것이었다.

이것은 여느 국가를 막론하고 골치가 아픈 문제였다.

그러다 유라스탄 왕국의 어느 마법사가 기막힌 해결책을 제시했다.

그것이 바로 이면의 전장, 필드였다.

그는 얼마든지 치고받고 싸워도 현실 세계에 아무런 피해를 초래하지 않는 가상의 세상을 만들었다.

이 가상의 세상은 십만 대군이 맞붙어도 충분할 만큼 넉넉

히 넓었다. 하지만 기껏 이런 무대를 만들어놓고 그 많은 병력
이 맞붙어 싸워 버리면 이는 국가적으로 막대한 전력 손실이
아닐 수 없다.

그렇게 될 경우 필드의 존재 의의가 많이 퇴색된다.

해서 마법사는 이 필드에 한 가지 기능을 더 추가했다.

그것은 출입할 수 있는 인원의 제한이었다.

최대 인원은 100명.

물론 마법사의 임의에 따라 이 수치는 얼마든지 변경 가능
했다. 100명으로 제한한 것은 국왕의 의견을 반영했기 때문이
다.

서로에게 악감정이 있거나 정치 싸움을 하던 귀족들은 각
가문의 정예병 100명을 뽑아 일정 영토, 혹은 재산을 걸고 필
드에서 전쟁을 벌인다.

패한 쪽은 깔끔하게 패배를 인정하고 애초에 걸었던 항목
을 넘겨주어야 한다.

대규모의 손실 많은 전투가 이렇게 마무리될 수 있으니 국
왕의 입장에서는 흡족하기 그지없었다.

게다가 한 가지 더 국왕을 만족시키는 기능이 있었다.

바로 이면의 전장으로 향하는 입구가 각 귀족의 안뜰에 형
성된다는 것이다.

물론 그렇게 만드는 게 쉬운 일은 아니다.

아울러 아무 마법사나 할 수 있는 것도 아니다.

그러나 필드를 만들어낸 마법사는 이를 가능케 만들었다.

그러니 전투를 앞에 둔 귀족들은 굳이 먼 원정을 떠날 필요 없이 병력만 준비했다가 필드의 입구로 보내면 되는 일이었다.

덕분에 전쟁 때마다 어쩔 수 없이 소모되는 군량도 크게 절약되었다.

유라스탄 왕국에서 처음 시작된 이 필드에 대한 소문은 전 대륙으로 퍼져 나갔고 여기저기서 이를 따라 하기 위해 혈안이 되었다.

결국 강대국들은 국가 소속 마법사들에게 온갖 지원을 아끼지 않고 연구에 연구를 거듭한 끝에 이와 유사한 마법을 창안할 수 있었다.

하지만 크게 다른 점이 있다면 유라스탄 왕국에선 마법사 한 명이 필드 마법을 창조했고, 1인 시전이 가능한데 다른 왕국은 최고 열댓 명의 마법사가 모여야 마법을 전개할 수 있었다는 것이다.

그만큼 유라스탄 왕국의 마법사는 대단한 사람이었다.

아, 그 마법사의 이름은 '자이렉스'다.

필드 마법을 대륙 최초로 만들어낸 천재이자 전(前) 왕실마법사이며 키메라를 만들어내는 집단 페라모사의 현(現) 리더.

그렇다.

천재 왕실마법사라 불리던 자이렉스가 바로 페라모사를 만들어낸 인간이다.

무엇이 그를 근절할 수 없는 악의 화신으로 만들어 버렸는지 모르겠으나 그는 어느 날 갑자기 자취를 감췄고 한참의 시간이 흘러 페라모사라는 집단의 우두머리로서 세상에 다시 나타났다.

한데 그가 만들어낸 이면세계로 통하는 문이 지금 우리 앞에 나타나 있었다.

게다가 문 위에 적혀 있는 숫자는 6.

들어갈 수 있는 인원을 여섯 명으로 제한해 놓았다.

"아무래도 이건 차 낭자가 봐야 할 것 같구려."

설소하가 말을 하며 블랙윙을 띄었다.

블랙윙이 눈앞에 벌어진 상황을 녹화하기 시작했다. 얼마 안 있어 차서린의 음성이 다시 모두의 던전 레이더에서 들려왔다.

―저건··· 처음 보는 현상이에요.

난 차서린의 목소리에서 처음으로 당황스러움을 느낄 수 있었다.

―저게 뭔지 아직 파악 불가하지만 확실한 건 저 안에서 몬스터들의 에너지가 느껴진다는 거에요.

"레벨은요?"

남지혁이 물었다.

―제대로 된 파악이 불가하지만 4레벨 이상의 몬스터는 감

지되지 않는 것 같아요.

이면세계에서 몬스터의 에너지가 느껴진다고?

그렇다는 건 필드에 몬스터들을 미리 풀어놨다는 건데.

대체 얼마나 풀어놓은 건지 알 수가 있어야지.

그때 내 의문에 대답이라도 해주듯 차서린이 말을 이었다.

―확실한 건 규모가 기존의 던전에서 등장하던 것보다 더 많다는 거예요.

"이런. 혹시나 6이라는 숫자가 몬스터들 개체수는 아닐까 기대했었는데."

"그럼 저 숫자는 뭐지?"

"카운트다운 같은 거 아닐까요?"

비욘더들이 저마다 숫자에 대한 추론을 하고 있을 때 나는 다른 고민에 빠져 있었다.

만약 지금 눈앞의 이 현상을 일으킨 배후가 페라모사의 자이렉스라면, 디멘션 임팩트와 그 이후 형성된 던전들도 전부 그의 소행일 가능성이 크다.

'뭣 때문에? 어떤 목적으로?'

대체 속을 모르겠다.

해답의 실마리를 잡을 수 없으니 이상한 가정들만 중구난방으로 떠올라 어지럽게 뒤섞였다.

'아니. 의미 없지, 이런 고민. 아직 자이렉스의 짓이라고 밝혀진 것도 아니고.'

그때였다.

쿵.

"…어?"

필드의 입구를 바라보던 모든 이의 눈빛이 파르르 떨렸다.

쿵!

"지, 지금 저 하얀 막 같은 거 파르르 떨렸어!"

남지혁이 놀라 소리쳤다.

"사격 준비!"

처처처처척!

현장을 감시하고 있던 중대장의 명령에 군인들이 전부 필드의 입구를 조준했다.

하지만 그게 얼마나 의미 없는 짓인지는 아마 나만 알고 있을 것이다.

저런 조촐한 화력으로 몇백 방 쏘아봤자 이면세계의 문은 꿈쩍도 않는다.

쿠쿵!

쩌저적!

이번엔 전보다 더 격한 충격이 문에서 전해졌고, 급기야 하얀 막에 금이 갔다.

"이거 어떻게 해야 돼!"

이름 모를 비욘더가 답답함에 소리쳤다.

결국 사정을 알고 있는 내가 나서야 하는 건가? 고민하고 있을 때였다.

"뭘 어떻게 해! 저 안에 괴물 새끼들이 있는 거고, 그놈들이 지금 밖으로 튀어나오려는 거 아냐! 그럼 먼저 들어가서 족치면 되는 거지!"

강철수가 이죽이며 앞으로 나섰다.

그러자 설소하가 따라붙었다.

"한데 우리가 저 안으로 들어갈 수 있을지 그게 의문입니다, 강 형."

"답도 안 나오는 거 생각하지 말고 그냥 부딪치면 되는 거다, 소하야!"

"역시 강 형답게 시원시원하십니다."

강철수가 품 안에서 담배를 꺼내 물고 불을 붙이더니 씩 웃으면서 주먹을 말아 쥐었다.

"스으으으으으으으으읍~ 후아!"

강철수는 성큼성큼 걸어 이면세계의 입구로 다가가는 동안 담배를 한 모금으로 반 가까이 빨아버린 다음 연기를 길게 내뿜었다.

"퉤!"

그러고는 아직 태우다 만 담배를 뱉어버리고는 문 안으로 뛰어들었다.

슥―

"괴물새끼들 잡으러 왔다!"

강철수의 기차 화통 삶아 먹은 듯한 호통과 함께 그의 몸이 거부감 없이 하얀 막 너머로 스며들어 갔다.

동시에 입구 위에 떠 있던 숫자가 6에서 5로 바뀌었다.

그걸 본 설소하는 고개를 끄덕이더니 쇠부채를 쫙 펼치고 따라 문 너머로 몸을 날렸다.

숫자는 다시 4로 바뀌었다.

'강철수가 알아서 나서주니 다행이야.'

사실 저 이면세계의 문은 정해진 인원이 전부 들어가면 절로 닫힌다.

한마디로 이면세계 내부에서 밖으로 뛰쳐나오려 드는 몬스터들을 봉인하려면 여섯 명의 인원이 얼른 문 안으로 들어서면 되는 것이다.

두 사람이 선두로 나선 덕분에 숫자의 의미가 무언지 다른 비욘더들은 전부 파악할 수 있었다.

그러자 선뜻 문에 들어가겠다고 나서는 이들이 없었다.

물론 예외는 있었다.

"다음으로는 제가 들어가겠어요."

이환이 검을 뽑아들고 망설임 없이 입구 안으로 뛰어들었다.

이제 문 안으로 들어갈 수 있는 인원은 세 명.

"여자도 거침없이 나서는데 남자 새끼들이 쪽팔리면 안 되잖아."

조동혁이 그다음으로 이면세계에 들어갔다.

그러자 여태껏 모자를 푹 눌러쓰고 있던 비욘더 한 명이 손을 들었다.

"나도 들어갈래."

그가 모자를 뒤로 돌려 썼다.

그러자 가려진 얼굴이 드러났고 몇몇 비욘더들이 헛숨을 들이켰다.

"하, 한규설!"

누군가 그의 이름을 불렀다.

가만… 한규설?

한규설이라면… 대륙 십존의 칠강 중 한 명이잖아? 전국 비욘더 랭킹 10위인 그 한규설이라고?

다들 놀라는 사이 한규설은 가벼운 걸음으로 이면의 전장에 발을 디뎠다.

"하, 한규설이 나서준다면… 몬스터들의 개채수가 많다고 해도 승산이 있을 거야."

남지혁이 고개를 주억거리며 말했다.

이제 전장에 들어갈 수 있는 인원은 하나.

"마지막 머릿수는 내가 채울게요."

다른 사람들이 나서기 전에 내가 먼저 자진해서 손을 들었다.

비욘더들은 누구도 그런 나를 말리지 않았다.

난 하얀 막 너머로 몸을 던졌다.

*　　　*　　　*

이면세계로 넘어온 강철수는 다급하게 주먹부터 휘둘렀다.

하얀 막을 들이받던 몬스터의 머리가 갑자기 튀어나온 강철수의 안면을 박살 내려 했기 때문이다.

매섭게 휘둘러진 강철수의 주먹이 몬스터의 정수리를 때리며 폭발했다.

퍼엉!

"……!"

강렬한 타격에 머리가 터진 몬스터는 비명도 지르지 못하고 시체가 되었다.

강철수는 불을 자유자재로 다룰 수 있는 센서블 비욘더였다.

강철수가 바닥에 쓰러진 몬스터를 발로 툭 걷어찼다.

"구루만이네?"

구루만은 소의 머리에 사람의 몸을 갖고 있는 3레벨 몬스터다.

"어디 보자."

강철수의 앞엔 수십 마리의 몬스터가 빼곡히 몰려들어 있었다.

대충 훑어보니 1레벨 몬스터부터 4레벨 몬스터까지 종류가 다양했다.

그때 설소하가 필드로 들어와 강철수의 옆에 섰다.

"강 형, 괜찮으신지요?"

"뭐, 생각보다 별거 없는데?"

"그래도 방심하지 마십시다."

둘이 대화를 나누는 사이, 이환과 조동혁, 한규설이 차례대로 들어왔고, 마지막으로 아진이 필드에 발을 디뎠다.

강철수가 한데 모인 멤버들을 슥 둘러보고서는 피식 웃었다.

"멤버는 괜찮네."

"우리는 이 문 앞에서 몬스터들을 막아내면 되는 거겠죠?"

이환의 물음에 마치 대답이라도 해주듯 문이 사라졌다.

"그럴 필요 없겠네. 문이 사라졌으니까."

조동혁의 말이었다.

"이런, 그럼 우리는 어떻게 돌아간단 말이오?"

설소하가 난감해했다. 이환도 문이 사라지는 순간 그것이 걱정되었다.

하지만 나머지 네 사람은 그런 것에 크게 신경 쓰지 않았다.

강철수는 워낙 내일이 없이 질주하는 스타일이고 조동혁도 비슷하다. 걱정은 그때 가서 해도 늦지 않다는 주의다.

한규설은 랭킹 10위의 비욘더인 만큼 산전수전을 다 겪어 봤기에 이번에도 어떻게든 헤쳐 나갈 방법이 있을 것이라 믿었다.

마지막으로 아진은.

'어차피 우리가 다 죽거나 몬스터들이 다 뒈지거나 한쪽이 이기면 돌아가는 문은 열려.'

이 마법의 요체에 대해 아주 잘 알고 있었다.

하지만 일말의 불안감도 없느냐 하면 그건 아니었다.

모든 상황이 아진이 알고 있는 그대로 흘러가란 법은 없었다.

만약 몬스터들을 전부 때려잡았는데도 문이 열리지 않는다면?

심각한 문제가 되겠지만 아진은 차원을 두 번이나 왔다 갔다 하면서도 끝끝내 살아남은 인간이다.

이번에도 어떻게든 살아남아 돌아갈 것이라는 믿음이 마음속 기저에 깔려 있었다.

"일단 눈앞에 보이는 녀석들은 얼마 안 되는데. 누가 정리할래?"

어린아이처럼 해맑은 미소로 말을 꺼낸 이는 한규설이었다.

그는 누굴 만나든 존대란 것을 하지 않았다.

그것이 조동혁은 심히 거슬렸다. 누가 봐도 이 그룹의 제일 어른은 강철수였는데, 저런 식으로 내뱉는 건 예의가 없는 행동이었다.

하지만 정작 강철수는 그러거나 말거나였다.

그다지 한규설에게 관심이 없는 눈치였다.

강철수가 나서지 않으니 조동혁도 한규설에게 딱히 뭐라할 수가 없었다. 설소하 역시 조동혁과 같은 이유로 할 말이궁해졌다.

그때 이환이 나섰다.

그녀는 한규설의 예의 없음이 아닌 다른 부분을 따지고 들었다.

"이건 게임이 아니에요. 다들 전력으로 몬스터들을 토벌하는 게 옳아요."

"우와! 오랜만이네, 전격의 검."

말을 하며 한규설이 손가락을 까딱했다.

그러자 슬금슬금 다가오던 몬스터 무리 중 한 마리의 몸이반으로 쩍 갈라졌다.

그 놀라운 광경에 조동혁이 혀를 내둘렀다.

전국 비욘더 서열 10위이자 칠왕 중 한 명인 '무형검(無形劍)한규설'.

그의 능력을 코앞에서 보는 건 이번이 처음이었다.

한규설은 형태가 보이지 않는 스무 개의 검을 소환해 언제든 자신의 의지대로 휘두를 수가 있는 센서블 비욘더였다.

하나하나의 검은 강철도 두부 자르듯 할 만큼 날카롭고 강력했다.

가뜩이나 비욘더들에게서 느껴지는 포스가 심상찮아 함부로 덤벼들지 못하고 있던 몬스터들은 동료 하나가 어떻게 당하는지도 모른 채 비명횡사하자 잔뜩 겁을 집어먹었다.

그런 몬스터들을 턱짓으로 가리키며 한규설이 말했다.

"봐봐. 저런 어수룩한 놈들 상대로 전력을 다해 싸워서 뭐해? 한 명이 나서서 정리해 버리는 게 재미있잖아!"

"아무리 그래도 여기는 서로의 생명을 앗아 가야 하는 전장이에요. 그렇게 가벼운 태도는 삼가주셨으면 합니다."

이환이 지지 않고 맞섰다.

한규설은 고개를 절레절레 저었다.

"하여튼 피곤한 스타일이라니까. 이환은 별 마음 없는 것 같고. 누가 나설래? 나설 사람 없으면 내가……."

그때 누군가가 한규설의 어깨를 툭 치고 지나가며 말했다.

"내가 할게."

아진이었다.

그는 한규설이 그랬던 것처럼 자연스럽게 반말을 뱉었다.

한규설이 아진의 모습을 아래위로 살피더니 물었다.

"아~ 네가 그 소문의 미러클 테이머 맞지!"

아진이 한규설을 보며 속으로 생각했다.

'뭐야, 이 나잇값 못 하는 애새끼 같은 인간은?'

처음에 아진은 그가 거만함으로 똘똘 뭉친 독고진 같은 타입의 사람이라 생각했다.

한데 그게 아니었다.

그의 표정이나 행동에서는 누군가를 무시하려는 의도 같은 건 전혀 보이지 않았다.

아진이 고개를 끄덕이며 되물었다.

"응, 네가 그 무형검 한규설이냐?"

한규설은 하얀 이가 다 드러나도록 활짝 미소 짓고는 고개를 신나게 끄덕였다.

"맞아! 칠왕 중 한 명이지! 그러고 보니까 너 몬스터들 길들여서 조종할 수 있다며? 아까 루루를 타고 등장하는 것도 엄청 신선했어!"

역시나 아진의 생각이 맞았다.

한규설은 아진보다 나이가 많았다.

그런데 초면에 반말을 던진 아진에게 전혀 기분 나쁜 기색을 보이지 않았다.

오히려 어제도 만났던 친구처럼 친근하게 대하고 있었다.

"잘됐다! 쟤네들 네가 해치웠으니까 어서 시작해 봐! 몬스터들 데리고 싸우는 거 구경 좀 해보자!"

손뼉을 짝! 하고 친 한규설이 아진의 등을 밀고 앞으로 나갔다.

그에 모든 사람의 시선이 아진에게 집중되었다.

몬스터들은 전부 잔뜩 긴장해서는 포위망을 조금씩 좁혀오고 있었다.

아진이 슬쩍 뒤돌아 한규설을 바라봤다.

한규설이 눈웃음을 지으며 손을 흔들었다.

'저거 진짜 정신 상태가 어떻게 된 놈이야?'

하는 짓이 완전히 초딩 저리 가라다.

아무튼 나쁜 놈이 아니라는 게 다행이라면 다행이었다.

'빨리 끝내 버리자.'

이곳에 얼마나 많은 몬스터가 더 있을지 모르는 상황이니 전투를 질질 끌며 힘을 낭비하는 건 옳지 않다.

"소환. 블링, 꼬맹이, 흰둥이, 타조, 예티, 샤오샤오!"

아진의 부름에 펫들이 소환되었다.

아진의 뒤에 늠름하게 포진한 펫들이 주변을 에워싼 몬스터들을 인지하자마자 전투태세를 갖췄다.

그러는 사이 아진은 테이밍할 만한 몬스터가 있나 살폈다.

하지만 전부 3레벨 이하인 데다가 특별히 좋은 녀석이 없어서 테이밍은 포기하기로 했다.

"모든 몬스터는 샤오샤오의 먹이로 준다. 오케이?"

펫들이 일제히 고개를 끄덕였다.

"쓸어버려!"

아진의 명령이 떨어지자 모든 펫이 달려 나갔다.

물론 샤오샤오는 아진의 뒤에 후다닥 숨었다.

진짜 말 더럽게 안 듣는 녀석이었다.

하지만 처음부터 이럴 걸 알고 있던 아진이었다.

그의 머릿속엔 이 부끄럼쟁이 샤오샤오를 이용해서 전투를 한 방에 끝내 버릴 계획이 이미 세워져 있었다.

아진이 펫들에게 명령했다.

"애들아! 몬스터들 뿔뿔이 흩어지게 하지 마라! 한데 뭉치게 해!"

"뀨웃!"

"토톳!"

"라라랑~!"

"우루루루!"

"듀라란!"

동시에 대답을 한 펫들이 시선을 주고받더니 한곳에 서로 등을 대고 섰다.

그러자 몬스터들은 그런 펫들을 포위하며 달려들었다.

예티가 다가오는 녀석들을 향해 소닉붐을 발사하려 했다.

"아껴!"

그 순간 아진이 소리쳤고, 예티가 크게 벌렸던 입을 급하게 다무느라 혀를 씹었다.

아그작!

"듀, 듀, 듀라라~"

"아이고, 저 곰탱이."

고통에 열이 오른 예티가 지척까지 다가온 몬스터들을 주먹으로 마구 후려쳤다.

퍼퍼퍼퍼퍽!

"구우우우!"

"키에엑!"

몬스터들은 예티의 무식한 주먹에 얻어맞아 곤죽이 되어 바닥에 널브러졌다.

뒤에 있던 또 다른 몬스터들이 쓰러진 동료의 육신을 짓밟으면 다시 예티에게 달려들었다.

다른 몬스터들 역시 예티와 마찬가지로 두세 마리 몬스터를 동시에 상대하고 있었다.

아진의 몬스터가 하나같이 동급 최강이긴 하지만 수적으로 열세인 데다가 저렇게 포위를 당해 버렸으니 시간이 흐르면 불리해질 것은 당연지사였다.

한데 아진은 소닉붐을 사용하지 못하게 했고, 다른 펫들에게도 큰 기술은 금지시켰다.

그는 사용하는 데 제한이 있는 큰 기술들은 최대한 아낄 셈이었다.

하지만 그 때문에 펫들이 위험에 처할 수 있는 상황이었다.

수십의 몬스터들은 사방에서 밀고 들어와 포위망은 갈수록 빽빽해졌다.

그러다 맨 앞의 대열이 뒤에서 미는 힘을 견디지 못하고 앞으로 자빠졌다.

아진이 그때 소리쳤다.

"예티! 도약해서 빠져나가고 타조는 다른 애들 태워서 날아!"

아진의 명에 예티는 2미터가량을 훌쩍 뛰어올라 포위망에서 벗어났다.

블링이, 꼬맹이, 흰둥이는 타조의 등에 올라탔다.

"우루루루!"

타조가 전광석화처럼 날아올랐다.

포위망을 좁히던 몬스터 무리는 도미노 쓰러지듯 안쪽으로 우르르 나자빠져 서로 뒤엉켜 엉망이 되었다.

그때 아진이 자신의 다리 뒤에 숨어 있던 샤오샤오의 머리를 잡고 들어 올렸다.

"샤, 샤샤샤?"

샤오샤오가 불안한 시선으로 아진을 바라보았다.

아진이 씩 웃으며 고개를 끄덕였다.

"응 던질 거야."

"샤샤샷?!"

샤오샤오의 눈이 휘둥그레져서 짧은 팔다리를 마구 휘저었다.

"필살! 샤오샤오 폭탄이다, 새끼들아!"

아진이 샤오샤오를 한데 뭉쳐 오합지졸이 된 몬스터 무리 사이에 냅다 던졌다.

"샤, 샤아아!"

샤오샤오가 수십의 몬스터들과 가까워지자 부끄러움에 두 눈을 질끈 감고 파르르 떨었다.

그러다 몬스터 무리 사이에 툭 떨어진 순간.

"구오오오오!"

구루만 한 놈이 샤오샤오를 손바닥으로 짓누르려 했고.

"샤, 샤! 샤아아아!"

부끄러움이 폭발해 버린 샤오샤오가 고사리만 한 주먹으로 바닥을 쾅! 내려쳤다.

순간 타격점을 중심으로 반경 200미터의 땅이 아래로 푹 꺼지며 조각난 돌조각과 모래, 돌멩이들이 총에서 쏘아져 나간 탄환처럼 사방으로 비산하며 바닥에 자빠져 있던 몬스터들의 몸을 꿰뚫었다.

퍼퍽! 퍼퍼퍽! 푸욱!

"구오오오오!"

"키에에에엑!"

샤오샤오의 직접적인 타격이 아니라, 충격파에 비산한 돌멩이며 모래알들이었다.

그런데 그것들이 수십이나 되는 몬스터의 몸을 전부 뚫어 버린 것이다.

애초에 샤오샤오가 몬스터들을 다 정리할 것이라 예상했던 아진도 설마 이런 광경을 보게 되리라곤 상상조차 못 했다.

몸이 벌집이 된 수십의 몬스터들은 일제히 시체가 되었고, 그사이에 선 샤오샤오가 한참 숨을 헐떡이다가 원망스러운 시선을 아진에게 보냈다.

아진이 그런 샤오샤오에게 엄지손가락을 척 들어 보였다.

그러자 샤오샤오는 이마에 힘줄을 세우고서 짧은 다리로 바닥을 탁탁! 구르며 소리쳤다.

"샤아! 샤아아아! 샤샤샤! 샤샷!(부끄러워 죽을 뻔했잖아! 진짜 죽는 줄 알았단 말야!)"

그런 샤오샤오를 지켜보는 비욘더들의 눈이 휘둥그레졌다.

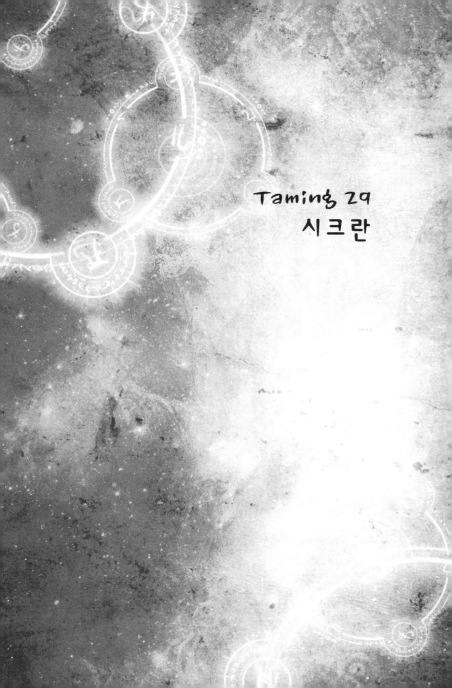

Taming 29
시크란

"우와아! 너 짱이다!"

한규설이 두 주먹을 말아 쥐고 신이 나서 소리쳤다.

몬스터들 시체 사이에 서서 부끄러워하고 있는 샤오샤오를 보는 한규설의 눈이 하트가 됐다.

"아무리 허접한 몬스터들이라고 해도 일격으로 잡아버리다니! 너 나랑 싸워볼래?"

한규설이 신이 나서 다가가자 샤오샤오가 번개처럼 움직여 내 뒤로 몸을 감췄다.

"우와. 스피드 봐. 진짜 장난 아니네. 저 몬스터 도대체 뭐야? 나 저런 몬스터 한 번도 본 적이 없는데? 어디서 구했어?

레벨은 몇이야? 몇 성이야? 이름은 뭐야?"

"정신없으니까 하나씩 물어봐."

"나 한 번만 안아보면 안 돼?"

한규설은 급기야 내 코앞까지 다가와 샤오샤오를 만지려 들었다.

그러자 샤오샤오가 반사적으로 주먹을 내질렀다.

"샤아아!"

"우왓차!"

한규설이 얼른 뒤로 물러나 샤오샤오의 공격을 피했다.

"우와, 진짜 빨라! 하핫."

싱글거리며 샤오샤오를 바라보는 한규설이 난 어처구니없었다.

'이 자식 센서블 비욘더 맞아?'

센서블 비욘더치고는 민첩성이 장난이 아니다.

샤오샤오가 작정하고 내지른 주먹을 저렇게 쉽게 피하다니.

"점점 더 붙어보고 싶어지네?"

"그만하고 저리 가. 샤오샤오 먹이 먹어야 돼. 훠이~ 훠이~"

"응? 먹이?"

"샤오샤오, 가서 먹어."

드디어 샤오샤오의 입에도 몬스터들을 넣어줄 수 있게 되었다.

3레벨 몬스터가 제법 있으니 다 먹으면 제법 성장도가 오를 터였다.

한데.

"샤아아……."

샤오샤오가 질색한 얼굴로 바들바들 떨었다.

"뭐? 부끄러워서 먹기 싫어?"

"샤아."

고개를 끄덕이며 앙증맞은 손으로 두 눈을 휙 가리는 샤오샤오.

아 진짜 가지가지 하네.

"저기, 여러분. 제 펫이 몬스터를 먹으면 성장을 해요. 그래서 이 녀석한테 몬스터 시체를 먹일 참이거든요. 한데 부끄러워서 먹지를 못하겠대요. 그러니까 잠깐만 뒤돌아주시면 감사하겠습니다."

내가 정중하게 부탁을 하고 있는데.

"…어?"

인기척도 없이 유령처럼 다가온 이환이 샤오샤오를 잡으려했다.

"샤앗?!"

깜짝 놀란 샤오샤오가 짧은 다리를 토다다다다 놀려 도망쳤다.

덕분에 허공을 껴안은 이환이 그 자세로 그대로 굳어버렸다.

"…뭐 하는 겁니까?"

내 물음에 이환의 얼굴이 홍당무마냥 붉게 물들었다.

그녀가 후다닥 일어서서 헛기침을 했다.

"크, 크흠! 딱히 한번 안아보려고 했던 건 아니에요."

'누가 봐도 안아보려고 했던 거잖아!'

"그럼 저는 멀리 떨어져서 뒤돌아 있을게요."

이환은 최대한 자연스러운 척 연기를 하며 내게서 떨어졌다. 그런데 같은 쪽 손과 발이 동시에 나가고 있다.

하여튼 남 속이는 재주는 없는 여자다.

"아진아! 저거 진짜 뭐냐? 나도 본 적이 없다."

강철수가 물었다.

그는 거칠거칠한 턱을 쓰다듬으며 샤오샤오를 홍미롭게 바라보고 있었다.

하지만 아무도 모르는 몬스터에 대해서 나만 알고 있다고 하면 이상하게 생각할 것이 뻔하다. 그래서 대충 둘러댔다.

"저도 잘 모릅니다. 그냥 우연히 맞닥뜨려서 테이밍했을 뿐."

"그래? 하여튼 생긴 거랑 달리 주먹이 맵구나."

강철수가 말하며 뒤돌아섰다.

가장 연장자가 그리 행동하니 나머지 사람들도 다 같이 뒤를 돌았다.

이번에는 한규설도 키득거리며 행동을 같이했다.

"샤오샤오, 이제 먹……."

꿀~ 꺼덕!

"……."

"……."

"……."

뭐지?

방금 뭔가 엄청난 소리가 들렸다.

음식을 삼키는 소리 같기는 한데 그게… 천둥치는 것과 비슷한 데시벨이었다.

나를 포함한 모든 비욘더가 자신의 귀를 의심하는 표정이었다.

우리는 결국 궁금함을 참지 못하고 고개를 돌렸다.

그리고 전부 경악을 금치 못했다.

조금 전까지 그 자리에 쌓여 있던 몬스터의 시체가 깨끗이 사라졌다.

엉망으로 파헤쳐진 바닥엔 핏물만 흥건할 뿐이었다.

대신 샤오샤오가 입맛을 다시며 볼록 나온 배를 어루만지고 있었다.

저거 지금… 몬스터를 한입에 삼켜 버린 거 맞지?

"설마 우리가 들었던 그 소리가 몬스터를 집어삼키던 소리였던 것이오?"

설소하가 눈을 꿈뻑거리며 물었다.

"저 조그만 몸 어디에 그 많은 몬스터들이 들어간 거죠?"

이환은 혼란스러운 얼굴이 되었다.

우리 중 가장 고지식한 그녀의 입장에선 현실적으로 말이 안 되는 이 상황이 받아들이기 힘들 것이다.

"몬스터들이란 족속들은 인간의 상식으로 이해할 수 없는 부분이 많아. 뱃속이 지독한 산성액으로 가득 차 있거나 또는 다른 방법으로……."

어쩌고저쩌고.

조동혁은 이 상황을 논리적으로 풀어보려 애쓰는 중이었다.

강철수는 그저 피식거리며 웃었고, 한규설은.

"아하하하하! 쟤 진짜 대단하다! 물건이야!"

포복절도했다.

하여튼 샤오샤오 저 녀석, 알면 알아갈수록 연구 대상이다.

나는 펫들을 봉인시키고 샤오샤오도 마지막으로 봉인시키려 했다.

그런데.

"샤… 샤샤."

샤오샤오가 갑자기 이상 반응을 일으켰다.

녀석이 조금 불편한 얼굴로 신음을 흘리더니 갑자기 두 주먹을 꽉 쥐고 몸을 파르르 떨었다.

그러자 황갈색 털이 연분홍빛으로 변했고, 작디작은 귀가 조금 더 자라더니 반으로 접혔다.

마치 스코티시 폴드 고양이의 귀를 보는 것 같았다.

"어? 쟤 갑자기 변했다?"

한규설이 내게 다가와 팔꿈치로 옆구리를 쿡쿡 찌르며 말했다.

이번에는 나도 적잖이 놀라 얼빠진 목소리로 대답했다.

"2성……."

"2성? 뭐야, 방금 몬스터 잡아먹고 성장한 거야?"

2성으로 성장한 샤오샤오는 전보다 귀여움이 훨씬 배가됐다.

털 색깔도 그렇지만 반으로 접힌 귀가 특히 매력 포인트였다.

아니, 지금 그게 중요한 게 아니다.

이 녀석이 어떻게 2성으로 성장했는지가 의문이었다.

그러기에는 먹어치운 몬스터의 수가 너무 적었… 아!

"퀸."

아무래도 샤오샤오가 먹은 몬스터 중에 퀸의 유전자를 갖고 있는 녀석이 섞여 있었던 모양이다.

그게 아니라면 지금의 상황을 설명할 수 없었다.

그렇게 결론을 내리고 나니 혼란은 사라지고 환희가 찾아왔다.

"샤오샤오! 일루 와, 이 녀석!"

"샤샷!"

샤오샤오가 통통 튀듯이 달려와 내 품에 와락 안겼다.

난 녀석의 머리를 쓰다듬어 주었다.

"아주 행운이 따르는구나. 설마 이렇게 빨리 성장할 줄이야. 장하다, 내 새끼!"

"샤아아~"

"일단 들어가서 다른 애들이랑 놀고 있어. 봉인, 샤오샤오."

내 품에 안겨 가슴에 뺨을 마구 비벼대던 샤오샤오가 빛과 함께 사라졌다.

한바탕 소란이 지나가고 난 뒤, 우리 여섯 사람은 한데 모여 앞으로 어떻게 해야 할 것인지에 대해 토론을 나눴다.

하지만 나를 제외한 모두는 이면의 전장에 처음 와본 것이니 이렇다 할 해결책이 나질 않았다.

그래서 강철수가 단순무식하게 결론을 냈다.

"일단 계속해서 여기저기 쑤시고 다닌다. 그러다 만나는 몬스터 새끼들 족족 작살낸다."

이환이 손을 들었다.

"식량은요? 어떻게 해결하죠?"

"사방이 숲이니까 먹을 수 있는 과일 같은 게 있나 없나 찾아봐. 없으면 몬스터 시체라도 구워 먹어야지."

내가 장담하는데 이곳에서 배 채우려면 무조건 몬스터 고기 뜯어야 한다.

마법사가 만든 이면세계는 기본적으로 허구이기 때문에 먹을 게 존재하지 않거든.

"그럼 이동하자."

"자~ 출발!"

강철수의 말에 한규설이 신이 나서 앞장섰다.

비욘더들은 그런 한규설의 뒤를 따라 움직였다.

＊　　　＊　　　＊

십 분 정도 걸었을까.

또 한 무더기의 몬스터가 나타나 앞을 가로막고 섰다.

개체수는 대략 백여 마리.

3레벨 몬스터 구루만과 4레벨 몬스터 스케라가 대부분의 머릿수를 채우고 있었다.

1, 2레벨 몬스터는 열 마리도 되지 않았다.

'이번에도 꽝인가?'

구루만은 테이밍해서 키우기에 너무 메리트가 없고 스케라 역시 크게 대단한 녀석은 아니다.

혹시나 이번에는 쓸 만한 몬스터가 있을까 싶었는데 또 꽝이었다.

내가 아쉬움에 입맛을 다시던 그때.

"냐우~"

"어?"

분명히 들렸다.

몬스터들 무리에서 나직이 흘러나온 도도한 울음소리가!

비욘더들이 전투 준비를 하는 와중 나는 귀를 떠 쫑긋 세웠다.

"냐우~"

잘못 들은 게 아니다!

분명히 저 몬스터들 틈에 그 녀석이 있다!

'4레벨 몬스터 시크란!'

시크란은 샤오샤오만큼은 아니지만 나름 희귀 몬스터 축에 속한다.

이 녀석의 외형은 쉽게 설명하자면 이족 보행을 하는 고양이라고 생각하면 딱이다.

그중에서도 먼치킨이라는 품종의 고양이를 똑 닮았다.

먼치킨 고양이가 뭐냐면, 다른 고양이들에 비해 허리가 길고 다리가 짧은 녀석이다.

한마디로 시크란도 허리가 길고 팔다리가 짧다.

그런 주제에도 꿋꿋하게 이족 보행을 하고 움직임이 번개처럼 날쌔다.

내 몬스터들 중에서는 빠르기로 정평이 난 예티나 꼬맹이도 시크란에게 비하면 굼벵이들이 투닥거리는 수준이라고 말할 수 있다.

아울러 이 녀석들은 전격 마법을 사용할 수 있다.

그것도 최대치로 성장하면 무려 5클래스의 마법 시전이 가능하다.

한 가지 더.

공간이동을 할 수 있다.

그 거리가 10미터 이내로 매우 짧은 데다 하루에 한 번이라는 제약이 따르긴 하지만 이 역시 성장에 따라 업그레이드된다.

거리와 사용할 수 있는 횟수가 늘어나는 것이다.

아무튼 이 녀석들은 특유의 재빠름 때문에 포획하는 것이 여간 어려운 일이 아니었다.

물론 길들이게 되면 대박이고!

"냐우~"

시크란의 울음소리가 한 번 더 들려왔을 때.

콰아앙!

강철수의 주먹이 불을 뿜었다.

그가 거침없이 달려 나가 몬스터들의 몸에 주먹을 박아 넣었다.

그때마다 엄청난 폭발이 일며, 근처에 있던 몬스터들까지 타격을 입었다.

"앗! 이번엔 누가 싸울 건지 안 정했는데! 반칙이다!"

한규설이 화들짝 놀라 발을 동동 구르다가 냅다 전장에 뛰어들었다.

순간 한규설의 주변으로 달려들던 구루만 다섯 마리의 몸이 일제히 세로로 이등분되어 쩌저적! 갈라졌다.

무형검에 당한 것이다.

이환도 검을 뽑아 들고 전격 마법을 인챈트시켰다.

그리고 가람검법을 출수했다.

조동혁은 피지컬 비욘더인 만큼 육탄전을 벌였다.

나는 그들이 몬스터들을 죽이든 말든 관심도 없었다. 저러다가 시크란이 휘말려서 죽어버리면 어쩌나 싶은 걱정도 하지 않았다.

애초에 그 정도로 약한 녀석이 아니다.

"소환, 블링이, 꼬맹이, 흰둥이, 타조, 에티, 샤오샤오!"

난 펫들을 전부 소환했다.

그리고 몬스터들을 때려잡으며 시크란이 모습을 드러내기만을 기다렸다.

이 녀석은 지금 몬스터들의 뒤에 숨어서 기습 기회를 노리고 있을 것이다.

시크란의 공격 방식이 그렇다.

그렇다면 일부러 빈틈을 보여주는 것이 인지상정!

나는 펫들에게 열심히 명령을 내리는 데만 완전히 정신이 팔려 버린 척했다.

시크란은 전장에서 가장 기습하기 쉬운 상대를 노린다.

때문에 그 장단에 맞춰주려 노력하고 있었는데.

"샤… 샤아? 샤."

내 뒤에 숨어 있는 샤오샤오가 계속 지 혼자 중얼거리는 게 여간 신경 쓰이는 게 아니었다.

이 녀석, 비욘더와 몬스터들의 전투를 무슨 영화 감상하듯 품평하며 만끽하는 중이다.

에이, 그러기나 말기나 난 최대한 빈틈투성이의 상태가 되기 위해 무던히 노력했다.

시크란이 내게 손톱을 들이대는 그 순간 살을 주고 뼈를 친다.

녀석의 공격은 전광석화 같을 테지만 난 머릿속으로 이미 아이스 볼의 마법 공식을 그려놓은 상태.

찰나지간 마법을 시전해 조금이라도 스치게 하면 녀석은 몸의 일부가 얼어 움직임이 둔해질 것이다.

그 틈을 놓치지 않고 시크란을 포획해야 한다.

겉으로는 온갖 허점을 다 내보이면서 속으로는 모든 감각을 날카롭게 세웠다.

어디냐, 시크란.

어디에서 기습해 올 거냐?

내가 바짝 긴장하며 시크란의 기습을 대비하고 있는데.

"샤?"

덥석.

"응?"

샤오샤오가 뒷머리를 긁적이다가 손을 옆으로 뻗어 무언가를 잡았다.

"……."

이런 미친.

샤오샤오의 손에 뒷덜미를 잡힌 건 날 기습하려던 시크란이었다.

딱 고양이만 한 크기에, 하얀색 바탕에 노란 무늬가 박힌 털. 기습이 발각된 와중에도 도도하기 그지없는 얼굴.

시크란이 맞았다.

게다가 노란 무늬가 상당히 복잡하게 배열되어 있는 것과 꼬리가 유난히 긴 걸로 보아 2성!

'이런, 계산 착오였다.'

1성이면 몰라도 2성의 시크란은 지금 같은 얄팍한 수로 잡을 수 있는 수준이 아니었다.

그야말로 번개처럼 빠른 움직임을 보이므로 아차 하는 순간 녀석의 손톱이 내 몸을 조각냈을 것이다.

한데 그런 시크란을 샤오샤오가 '그냥' 잡았다.

무슨 놈의 시크란을 지나가던 모기 잡듯이 잡아버렸다.

샤오샤오는 자기가 뭘 잡은 건지도 모르고서 시크란을 가만히 바라보다가 눈이 마주치는 순간 엄청나게 놀랐다.

"샤, 샤아아아아아앗!(이, 이거 뭐야아아!)"

놀란 샤오샤오가 시크란을 그대로 땅에 메다꽂았다.

꽈아아아앙!

무지막지한 진동과 함께 시크란의 몸을 중심으로 해서 주변의 땅이 운석이라도 충돌한 듯 움푹 파였다.

샤오샤오의 의도치 않은 일격에 당한 시크란이 그대로 기절했다.

…시크란을 포획했다.

샤오샤오의 도움으로 포획한 시크란을 예티가 품에 꼭 안아 포박했다.

예티 정도의 힘이면 시크란이 정신을 차려도 도망칠 수 없을 것이다.

내가 시크란을 잡는 사이 몬스터들의 수는 이미 반이나 줄어들어 있었다.

이제부터는 나도 전력으로 전장에 나설 수 있었다.

아공간에서 스케라 소드를 꺼내 들고 몬스터 무리에 뛰어들었다.

내 손에서 펼쳐지는 검법은 에스페란자 가문에 전해져 내려오는 비전 검술로, 그 이름을 한문으로 표기해 보자면 '절영검(絶靈劍)' 정도 되시겠다.

말 그대로 영혼을 잘라 버린다는 뜻이다.

그만큼 절영검은 불필요한 허수가 없고 오로지 일격에 살상할 수 있는 부위만을 노려 찌르거나 베어버리는 무서운 검법이다.

스케라 소드는 절영검의 요체에 따라 움직이며 앞을 가로막는 몬스터들의 목을 베고 심장을 꿰뚫었다.

"구우우우우!"

하나, 둘, 셋, 넷, 목 없는 시체가 된 구루만의 몸뚱이가 바닥을 구른다.

"카락! 카라락!"

뼈다귀만으로 이루어진 스케라들은 놈들의 몸을 가공해서 만든 스케라 소드에 맥없이 당해 나자빠졌다.

난 신명나게 검을 휘둘렀다.

스케라 소드는 사신의 낫처럼 날에 닿는 모든 몬스터들의 목숨을 앗아 갔다.

그러는 사이 톤톤에게 몬스터의 시체에서 핵을 가져오라 명했다.

여섯의 비욘더와 네 마리의 펫이 열심히 몬스터들을 두들겨 팬 결과, 이십여 분도 지나기 전에 백이 넘는 몬스터들을 제압할 수 있었다.

꼬맹이는 몬스터의 시체에서 틈틈이 빼 온 백 개 이상의 코어를 내게 가져다주었다.

난 그것을 받아 사람들 몰래 입에 탁 털어 넣었다.

그러자 거대한 포스가 몸 안으로 스며들어 심장의 다섯 번째 고리에 갈무리되었다.

'거의 삼분의 일이 채워졌잖아?'

역시 3레벨, 4레벨 몬스터들이 대부분이나 보니 흡수한 포스의 양도 엄청났다.

어쩌면 이 전장에서 클래스 업을 하게 될지도 모르겠다는 기대감이 스멀스멀 올라왔다.

"아, 벌써 끝났네?"

한규설이 짓이겨진 구루만의 시체를 툭툭 차며 아쉬운 듯 입맛을 다셨다.

"계속 이런 녀석만 나오면 부자 돼서 돌아가겠다."

강철수가 이죽이며 몬스터들의 시체에서 전리품을 챙겼다.

"어? 말도 없이 먼저 줍기야?"

한규설이 눈을 동그랗게 뜨고 물었다.

"시끄럽다, 새끼야. 먼저 가져가는 게 임자다."

"그렇다면 질 수 없지!"

한규설도 신나서 전리품을 챙겼다.

그에 다른 비욘더들 역시 자기 몫을 사수하느라 분주해졌다.

물론 나도 몬스터들을 시켜 빠르게 전리품을 회수했다.

결국 가장 많은 전리품을 갖게 된 건 나였다.

그것들을 아공간에 전부 넣었다.

그 광경을 본 비욘더들이 일제히 고개를 갸웃거렸다.

"방금 열렸다 닫힌 거, 그거 뭐냐?"

조동혁이 말하는 건 전리품을 집어 삼키고 사라진 아공간의 입구였다.

"아공간."

"아공간?"

"일종의… 센서블 계열 기술이에요."

"센서블? 그럼 너는 몬스터 테이밍 외에 센서블 계열의 다른 능력이 또 있었다는 거야?"

"말하고 나서 보니까 그렇게 되네요."

사실 에스테리앙에서 배운 술법이었다.

하지만 그걸 자세하게 설명하자니 엄청 복잡할 것 같아 그냥 센서블 계열 기술이라고만 해버린 건데, 조동혁은 그걸 또 물고 늘어졌다.

저 인간은 다 좋은데 모르는 게 있으면 어떻게든 알고 싶어 해서 문제라니까.

"대체 능력이 몇 개냐? 센서블에, 매지션에, 검도 제법 다루고. 열여덟 살 정말 맞는 거야?"

"그럼 제가 뭐 한 서른여덟 돼 보입니까?"

"……."

조동혁이 무슨 말을 더 하려다가 입을 다물었다.

그때 이환이 나섰다.

"궁금한 게 있는데요. 아진 님이 사용하는 검술은 어느 문파 거죠?"

"그건 갑자기 왜요?"

"한 번도 본 적이 없는 검법이라서, 궁금하네요."

그러자 말이 끊겼던 조동혁도 다시 입을 열었다.

"나도 그게 궁금하긴 해."

조동혁은 순우리말로 하늘이라는 뜻의 '마루'파 소속 무예가라고 했었다.

그는 마루파 중에서도 고수로 일컬어지는 '나르샤(날아오르다)'의 칭호를 받은 100인 중 한 명이라고도 했었다.

그러니까 마루파의 나르샤 조동혁이 되는 거다.

전부 조동혁과 던전을 돌았을 때 그에게서 들었던 이야기다.

안 그런 척하면서 자기 자랑하는 거 은근 즐기는 타입이거든, 저 사람.

참고로 이환이 속한 가람파의 고수 100인은 바다를 일컫는 순우리말인 '아라'라 칭한다.

각 문파마다 고수들의 이름 앞에 붙는 이러한 칭호가 있다.

그리고 그 문파만의 고유 검법이며 무술이 존재한다.

그런데 나는 지구에 있는 어느 문파에도 소속된 적이 없다.

당연히 그들의 입장에서는 내 검술이 생소할 것이다.

또 적당히 둘러댈 때가 왔다.

"이건 절영검이라는 검법인데, 우리 가문에서만 전해져 내려오는 일인전승의 검법입니다."

"무예에 뿌리를 둔 가문 출신이었나?"

조동혁이 눈을 빛냈다.

이환도 내 말에 갑자기 어마어마한 관심을 보이기 시작했다.

"지금 나에 대한 신상 터는 게 중요한 게 아니라서 그 얘기는 다음에 합시다. 일단은 쟤를 좀 테이밍시켜야 하거든."

내가 손가락으로 예티의 품에 잡혀 있는 시크란을 가리켰다.

"냐우~"

시크란은 예티에게 잡혀 있는 와중에도 도도하기 그지없는 시선으로 나를 바라봤다.

하고 싶은 대로 해보라며 배짱을 튕기는 꼬락서니다.

그러나 사실 나는 이 녀석들의 성정에 대해 누구보다 잘 알고 있다.

에스테리앙 대륙에 있을 때 테이밍했던 전적이 있거든.

겉보기에 엄청 시크해 보이고 차가워 보이지만 속은 정반대다.

무지하게 정이 많고 따뜻하다.

그걸 표현하지 않을 뿐!

"애들아."

펫들이 일제히 날 쳐다봤다.

"지금부터 시크란에게 무조건 '네 힘이 필요하다! 네가 꼭 우리를 도와줘야 한다!'라는 걸 어마무시하게 어필해!"

펫들은 우렁차게 대답한 뒤, 예티가 안고 있는 시크란에게 우르르 몰려들었다.

그리고 일장연설을 늘어놓기 시작했다.

"뀨! 뀨우우~ 뀨웃! 뀨뀨! 뀨우웃!"

"토톳! 토토톳! 토토로토토! 토로톳!"

"라라랑~ 라라라라~ 라랑~ 라라랑~"

"우루루루~ 루루~ 우루루~ 루~!"

"듀라라라라라~ 듀라라~ 듀라란~"

난 내 오른쪽 다리를 살포시 붙잡고 숨어 있는 샤오샤오에게 물었다.

"너는 뭐 할 말 없냐?"

"샤아아……."

샤오샤오가 고개를 절레절레 저었다.

하여튼 이럴 때는 도움이 안 돼요.

펫들은 쉬지 않고 시크란에게 이런저런 말들을 늘어놓았다.

시크란은 시종일관 펫들을 거만하고 요염한 눈동자로 힐끗힐끗 바라볼 뿐, 별다른 반응은 보이지 않았다.

마치 펫들의 얘기를 전부 무시하는 것 같은 행태다.

하지만 전혀 그렇지 않다.

저 녀석, 관심 없고 신경도 안 쓰는 척하면서 한 마디 한 마디 모두 귀담아듣고 있는 중이다.

다른 비욘더들은 그 광경을 신기한 눈으로 구경하는 중이었다.

자~ 시크란.

도도한 척 그만하고 어서 넘어와라.

*　　　*　　　*

시크란을 꼬시는 바람에 그 자리에서 꼼짝도 못 하고 삼십 분 정도가 흘렀다.

그동안 몬스터 무리가 세 번이나 습격을 해왔고 다른 비욘더들이 전부 물리쳤다.

고레벨의 몬스터가 없었기에 지금의 파티로 얼마든지 제압할 수 있었다.

무엇보다 칠왕 중 한 명인 무형검 한규설의 활약이 컸다.

성격은 나사 하나 빠진 애 같아도 실력 하나만큼은 확실했다.

"야, 저 짓 언제까지 기다려야 하는 거냐?"

이제 더 참기 힘든지 강철수가 물어왔다.

"글쎄요. 얼마나 더 걸릴지 저도 확실히 대답하기가 힘드네요."

"그냥 멱살 잡고 흔들어 버리면 안 돼? 동료가 되면 살려주고 안 되면 죽여 버리겠다 그러면 되잖냐."

"그렇게 해서 길들일 수 있는 녀석이 아니에요."

"까다롭네, 그거."

난 시선을 다시 펫들과 시크란에게 돌렸다.

"뀨우… 우우우……."

"토오오옷……."

"듀라라……."

내 펫들도 삼십 분이 넘게 떠들다 보니 다들 슬슬 지쳐가는 눈치였다.

블링이와 꼬맹이, 예티는 신음처럼 말을 흘렸고, 흰둥이와 타조는 아예 입을 닫아버렸다.

그에 내가 박수를 짝! 치자 펫들이 다시 정신을 바짝 차리고서 바삐 혀를 움직였다.

"드르렁~ 드르렁~"

어디서 코고는 소리가 들려온다. 슬쩍 쳐다보니 한규설이 바닥에 대자로 드러누워 그새 잠이 들어버렸다.

"음… 이보게 아진 아우. 아무래도 여기서 더 시간을 허비하는 건 옳지 않다고 보네."

결국 설소하가 내게 조심스레 의견을 피력했다.

"그래서 말인데… 저 빌어먹을 몬스터 새끼를 잡아 죽여 버린 다음……."

어?

뭐야 갑자기 튀어나오는 이 이질적인 말투는?

게다가 표정도 뭔가 평소의 설소하 같지 않은데?

내가 당황해서 그에게 기이한 시선을 던지는 순간.

퍽!

설소하는 쇠부채로 스스로의 뒤통수를 냅다 후려갈겼다.

"으음… 여전히 부족하군. 부족해."

뭐가 부족하다는 거야? 그러고 보니 저 인간 일전에도 비욘드 길드에서 지금처럼 자기 뒤통수를 때리지 않았었나?

설소하가 머리를 휘휘 젓고선 하려던 말을 마무리 지었다.

"여하튼 이만하고 저 몬스터는… 죽이든 살리든 아니면 저렇게 포박한 채로 함께 행동하든 모두 아진 동생에게 맡길 테니 다시 움직이는 게 어떻겠나? 모든 사람들이 아진 동생 때문에 발목이 잡혀 있는 건 조금 아니라고 보이네."

설소하의 말도 틀린 건 아니었다.

하지만 난 시크란을 어떻게든 테이밍해야 한다. 여기서 멈춰 버리면 지금까지 공들인 게 전부 허사가 되어버린다.

"그럼 먼저들 가세요."

"먼저 가라니. 어찌 말을 그리하는가?"

"기분 상해서 한 말 아니니까 오해하지 마세요. 다만, 저는 저 녀석 놓칠 수 없거든요. 지금 여기서 그만두면 또 언제 저런 놈을 테이밍할 기회를 잡을 수 있을지 알 수가 없어요. 설형은 저렇게 생긴 몬스터 본 적 있으세요?"

"없네."

"저도 없어요. 아마 다른 비욘더들도 다 마찬가지일걸요? 게다가 던전 레이더 한번 보세요. 이 녀석 4레벨이에요. 어떻게든 테이밍하면 훌륭한 전력이 되어줄 겁니다."

"한데 꼭 이런 방법밖에 없는 건가? 일전에도 그 몬스터를 테이밍할 때 다른 몬스터들이 계속 다가가서 말을 걸더군."

설소하가 내 뒤에 숨어 있는 샤오샤오를 가리켰다.

"아니, 다른 방법도 있긴 한데 저는 평화주의자라서 말로 최대한 구슬려 보고 싶은 것뿐이에요. 몬스터끼리는 대화가 통하니까요."

"끄으으으으! 잘 잤다!"

설소하와 대화를 나누고 있는데 코까지 골며 시원하게 자고 있던 한규설이 깨어났다.

그가 내 펫들을 바라보더니 고개를 갸웃거렸다.

"아직도 저러고 있는 거야? 그만 다른 데로 가자!"

한규설은 다른 사람의 의견도 듣지 않고 성큼성큼 앞으로 나아갔다.

"나도 간다."

강철수도 지루한지 한규설과 걸음을 같이했다.

바늘 가는 데 실 가는 격으로 강철수를 유난히 따르던 조동혁도 움직였다.

설소하는 난감한 얼굴로 고민하다가 이환에게 물었다.

"이 낭자는 어쩌시겠소?"

"저는 여기 남을게요. 아진 님을 혼자 두는 게 조금 그래서요. 절대 몬스터들이 귀여워서 더 보고 싶어 그러는 건 아니구요."

우와, 진짜 거짓말 더럽게 못한다.

그런 연기에는 지나가던 말미잘도 안 속겠다.

"아, 이 낭자의 고운 마음씨에 정말이지 감복했소. 나도 남겠소."

속았어?! 뭐야, 이 말미잘보다 못한 인간은!

상황이 이상하게 돌아가는 바람에 내 곁에는 동료가 둘이 남게 되었다.

한데 그때였다.

"냐아~"

여태껏 한 마디도 안 하고 있던 시크란이 드디어 입을 열었다.

"냐……. 냐아?"

시크란이 다른 펫들을 슬쩍 슬쩍 바라보며 물었다.

그러자 펫들이 일제히 고개를 끄덕였다.

저러다 머리가 떨어지는 거 아닌가 싶을 만큼 열정적으로 끄덕이고 있었다.

완전 헤드뱅잉 수준이다.

저 녀석들도 이 짓거리 두 번 다시 반복하기 싫은 거지.

남한테 사기 쳐먹으려는 사기꾼도 삼십 분 넘게 쉼 없이 입 털면 피곤할 거다.

시크란은 펫들의 반응에 잠시 고민하더니 이내 고개를 끄덕였다.

"니야… 냐."

그 행동거지 하며 도도한 말투가 '딱히 맘에 들진 않지만 저 인간의 펫이 되어줄게'라고 하는 것 같았다.

아무려면 어떠냐!

나는 바로 지배의 술을 전개했다.

강렬한 기운이 시크란의 머릿속으로 흘러들어 갔다.

이미 내게 길들여지기로 마음을 먹은 상황인지라 시크란과 나의 정신은 쉽게 하나로 이어졌다.

"시크란."

"…냐."

시크란은 내가 자기 이름을 부르는 것이 자존심 상하는지 기어들어 가는 목소리로 작게 대답했다.

"앞으로 너는 내 펫이고 이름은… 음… 고양이 닮은 데다가 시크하니까 네 이름이랑 비슷하게 가자. 시크냥! 좋지!"

"…냐."

"이리 와, 시크냥."

시크냥이가 날 흘깃 바라보고서는 자신을 안고 있는 예티에게 말했다.

"냐~"

그러자 예티가 시크냥을 들고 내 앞까지 걸어왔다.

우와… 이 자식 벌써부터 다른 펫을 부려먹기 시작했어.

"이놈아, 너 길들이느라고 내가 얼마나 힘들었는지 알아!"

괜히 얄미워서 내가 소리를 버럭! 질렀더니만.

"냐아!"

그대로 맞받아친다.

냥풍당당한 거 봐라!

하여튼 이 녀석들은 테이밍을 당해도 저 도도함을 버리질
못한다.

난 피식 웃고 그런 시크냥의 머리를 쓰다듬어 주었다.

"아무려면 어떠냐. 앞으로 나랑 잘해보……."

콰직!

…너 방금 나 물었어?

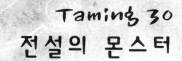

Taming 30
전설의 몬스터

　시크냥까지 길들여서 이제 내 수중에 있는 펫은 전부 7마리가 되었다.

　그중에서 4레벨 몬스터가 무려 둘이나 되니까 이 정도면 혼자서 4레벨 던전도 가뿐히 돌 수 있는 수준이다.

　'아니, 솔직히 샤오샤오는 4레벨이 맞는지 의심스럽지만.'

　보면 볼수록 황당할 만큼 놀라운 능력이 많아서 4레벨이라 하기엔 무리가 있었다.

　에스테리앙 대륙에서도 몬스터 학자들 사이에서 워낙 연구 자체가 제대로 되지 않은 녀석이다 보니 베일에 싸인 능력들이 많았다.

'아무튼 나한테 나쁜 건 아니니까.'

이왕이면 다홍치마라고, 강한 녀석이면 좋은 거지 뭐.

새로운 능력을 볼 때마다 기막히게 경탄스러워서 그렇지.

"니미, 이거 언제 끝나는 거야?"

이면의 전장을 헤매고 다닌 지 벌써 여섯 시간째.

그동안 우리는 천 마리가 넘는 몬스터와 맞닥뜨렸고 전부 저승행 열차를 태웠다.

물론 천이라는 숫자는 해치운 몬스터의 총합이다.

그 녀석들은 수십 혹은 백이 조금 넘을 정도로 무리 지어 나타났다. 때문에 전투가 수월했다.

만약 천 마리가 동시에 몰려들었다면 또 어떻게 됐을지 모르겠다.

이 멤버로 질 것 같진 않으나 필시 힘겨운 전투가 되었을 것이다.

여하튼 그 덕분에 나는 시크냥을 3성까지 업그레이드시킬 수 있었다.

사실 처음에는 샤오샤오를 성장시키려 했는데, 이 자식이 몬스터를 아무리 잡아먹어도 배만 볼록 나오지 당췌 성장할 기미가 보이지 않았다.

생각해 보니 에스테리앙 대륙에서도 3성 샤오샤오는 보지 못했다. 몬스터 문헌을 찾아봐도 3성 샤오샤오에 대해서는 기록된 게 없었다.

'설마 이 녀석 의외로 2성이 끝인 거 아니야?'

만약 그랬다가는 괜히 아까운 코어만 낭비하는 꼴이 되기에, 이후로 나는 시크냥에게 몬스터를 먹였다.

그에 시크냥은 3성으로 업그레이드되었다.

전보다 강해진 시크냥은 복잡했던 노란 털의 무늬가 전부 사라지고 온통 하얀색 털로 도배되었다.

눈이 전보다 더 크고 동그라졌으며, 파란 눈동자색도 진해졌다.

귀가 전체적으로 커져서 그 속에 분홍색 살이 훨씬 잘 드러났다.

덩치도 약 두 배 정도 자랐다.

아울러 3서클 전격 마법을 시전할 수 있게 되었다.

공간 이동의 범위도 20미터로 늘어났고, 3번 연속으로 사용하는 것이 가능해졌다.

공간 이동은 재충전하는 데 8시간이 걸린다.

즉 3번의 공간 이동을 모두 재충전하려면 24시간, 하루가 꼬박 든다는 말이다.

때문에 나중에 정말 필요할 때가 있을지 모르니 아껴 써야 한다.

시크냥을 성장시킨 다음엔 몬스터의 핵을 내가 다 섭취했다.

덕분에 4클래스의 고리가 포스로 거의 가득 찬 상태였다.

이제 5클래스의 고지도 코앞에 다가와 있었다.

"음? 또 오는가 봅니다."

설소하가 저 멀리 자욱하게 이는 먼지 구름을 보고서 쇠부채를 쫙 폈다.

강철수가 하품을 쩍 하더니 주먹을 말아 쥐었다.

"그래, 시팔. 오늘 떼돈이나 벌어보자!"

"좀 더 강한 놈들이 나와줬으면 좋겠는데. 시시하잖아."

한규설이 투덜거리며 애꿎은 돌멩이를 툭툭 건드렸다.

"조금 더 진지해졌으면 해요, 규설 님. 이건 애들 장난이 아니라구요."

이환이 한규설을 타박하며 발도해, 뇌전의 기운을 인챈트시켰다.

"이환의 말이 맞아. 네가 강한 건 알겠지만 그런 태도는 보는 사람들 눈살을 찌푸리게 한다."

조동혁이 이환의 말을 거들었다.

하지만 한규설은.

"흐아아암~ 이제 진짜 지루하다, 여기."

귓등으로도 듣지 않았다.

자존심 강한 조동혁의 미간이 와락 일그러졌다.

하지만 누가 봐도 조동혁은 한규설에게 한주먹감도 안 된다.

조동혁도 그걸 잘 알고 있었기에 더 뭐라고 하지는 못했다.

비욘더들 사이에서 몇 마디가 오갈 때쯤 몬스터 무리가 공격 사정권 내에 들어섰다.

"어디 보자~ 하나, 둘, 스물. 음… 오! 이번엔 한 이백 마리 되겠다!"

한규설이 신나서 소리쳤다.

"친구들 만나러 왔냐!"

강철수가 호통치며 이번에도 선두로 달려 나갔다.

콰앙! 콰앙! 퍼억!

강철수의 주먹에 당한 몬스터들이 시원하게 터져 나갔다.

한데 폭발하는 힘이 전보다 많이 약해져 있었다.

강철수도 슬슬 힘의 한계에 부딪히기 시작한 것이다.

그건 한규설 역시 마찬가지인 듯 보였다.

초반에는 스무 마리의 몬스터를 동시에 썰어버리더니 지금은 열 마리가 최고다.

힘을 비축하느라 만들어낼 수 있는 무형검의 개수를 줄여버린 것 같았다.

전투의 와중에 힘 조절을 가장 잘한 사람은 이환이었다.

그녀는 6시간 전과 지금 크게 달라진 점이 없었다.

체력적으로도 멀쩡했고 검에 인챈트된 뇌전의 기운도 그대로였다.

생각해 보니 그녀는 한 번도 큰 기술을 사용하지 않았다.

미리 이런 시나리오를 그려보고서 최악에 대비해 놓은 모양이다.

나도 아직까지는 쌩쌩하다.

몬스터를 소환해서 싸우는 건 포스의 소모가 심하지 않다.

오히려 마법을 사용할 때 포스는 쭉쭉 줄어든다.

그래서 스케라 건은 한 번도 사용하지 않고 몬스터를 소환한 뒤, 스케라 소드만 휘둘렀다.

지금도 마찬가지다.

"가자!"

난 전장에 소환한 내 새끼들과 함께 몬스터 무리로 뛰어들었다.

이 필드에서 가장 많이 만난 몬스터는 구루만과 스케라였다.

이번 몬스터 무리에도 그 두 녀석의 개체수가 제일 많았다.

"구우우우우!"

"카라라라락!"

여기저기서 비욘더에게 죽어나가는 구루만과 스케라의 비명 소리가 울려 퍼졌다.

내 펫들도 이 녀석들과의 전투가 계속될수록 공격 패턴이 익숙해져서 더욱 발군의 기량을 보였다.

새로 테이밍한 시크냥도 제 몫을 톡톡히 해냈다. 녀석은 장기인 전광석화 같은 스피드로 전장을 종횡무진했다.

시크냥이 지나가는 곳엔 마치 따라오는 발자취처럼 번개가 떨어져 내렸다.

전격 마법을 시전한 것이다.

한데 시크냥의 움직임이 워낙 빠르다 보니 번개 수십 다발이 뱀처럼 이어지며 연속으로 내려치는 장관이 벌어졌다.

번개에 얻어맞은 몬스터들은 전부 스턴 상태에 빠졌고, 비욘더의 먹잇감이 되었다.

마나가 고갈되어 갈 때쯤, 시크냥은 마법 시전을 그만두고 날카로운 손톱과 이빨로 몬스터들을 자르고 물어뜯었다.

시크냥이 대체 어디서 나타나 어느 부위를 공격할지 모르니 몬스터들은 그저 속수무책으로 당할 뿐이었다.

이백이나 되는 몬스터들은 전투가 시작되고 삼십 분이 채 지나지 않아 몰살당했다.

우리 쪽에서는 조동혁과 강철수가 미약한 찰과상을 입은 것으로 끝났다.

조동혁은 피지컬 비욘더라 육탄전을 벌이니 그 정도 상처는 입는 게 당연했다.

반면 강철수는 센서블 비욘더임에도 기본 전투 방식이 피지컬 비욘더와 다를 게 없다. 게다가 엄청나게 호전적이어서 방어보단 공격하는 걸 더 선호한다.

때문에 그도 매번 전투마다 작은 상처를 입곤 했다.

전투가 끝난 뒤, 비욘더들은 빠르게 전리품을 챙겼다.

그러고서는 양손과 주머니에 한가득 쌓인 전리품을 들고

내 앞으로 와 일렬로 섰다.

"부탁한다."

"내 것도~"

"실례가 안 된다면 저도 부탁드릴게요, 아진 님."

"아진 아우. 내 것도 부탁하이."

"괜찮지?"

차례대로 조동혁, 한규설, 이환, 설소하, 강철수의 말이었다.

이 인간들, 아까부터 전리품 보관할 장소가 없자 계속 나한 테 갖고 오고 있었다.

난 아공간을 열어 그들의 전리품을 집어넣었다.

물론 세상에 공짜는 없다.

"아시죠? 나중에 전리품 돌려줄 때 20퍼센트는 제가 먹습니 다?"

그 말에 다들 탐탁잖은 얼굴로 고개를 끄덕였다.

지금 이 전장에서 전리품을 가장 많이 챙겨 간 건 나다.

몬스터들이 도와줬기 때문이다.

그런데 다른 사람의 전리품을 맡아주는 대가로 20퍼센트를 꽁으로 먹는다.

하지만 비욘더들은 그 조건을 받아들일 수밖에 없다.

20퍼센트 뜯기는 게 싫어서 거절했다간 그 많은 전리품을 현실로 가지고 나갈 방법이 없다.

사실 30퍼센트 부르려다가 이것도 많이 봐준 거다.

지구로 돌아가서 부자 될 생각을 하니 벌써부터 배가 부르다.

'그나저나 이놈의 전장, 언제 끝나는 거야?'

이면의 전장은 서로 적대 관계에 놓인 두 그룹이 들어와 한쪽이 패배할 때까지 싸움을 벌여야 한다.

패배의 조건은 무조건 어느 한 무리의 전멸이다.

입으로 아무리 패배를 시인해 봤자 받아들여지지 않는다.

그리고 이 조건이 만족되어야만 원래 살던 곳으로 돌아갈 수 있는 문이 열린다.

한마디로 우리가 아직 지구로 복귀 못 하는 건 아직 이면의 전장에 있는 몬스터들을 다 잡지 못했다는 뜻이다.

'얼마나 더 남아 있는 건지 모르겠네.'

이면의 전장엔 나도 한번 들어가 본 적이 있었다.

에스테리앙 대륙에서 아직 바르반의 제자로 부족할 것 없는 하루하루를 보내던 나날이었다.

평소 에스페란자 가문에 불쾌함을 내비치던 토레나 드 보레아스 백작이 전쟁을 선포했고, 국가의 중재하에 왕실마법사들이 이면의 전장을 열었다.

보레아스 백작가와 에스페란자 가문은 필드에 들어갈 100명의 정예 인원을 차출해야 했다.

나는 한창 바르반의 진실된 모습을 모르고 그저 거두어준 것에 감사하고 있을 때였다.

해서 직접 전장에 참가해 공훈을 세울 것을 자처했다.

바르반은 그런 나를 한사코 말렸으나 내 고집을 꺾을 수는 없었다.

결국 난 다른 병사들과 함께 이면의 전장에 들어섰고 보레아스 백작가의 요원들을 상대로 대승을 거두었다.

'그때 겪었던 필드는 지금처럼 넓지 않았는데.'

이건 뭐, 거의 수십 배는 되는 것 같다.

걸어도 걸어도 끝이 보이질 않고 몬스터 무리만 간헐적으로 튀어나온다.

비욘더들도 이제 정신적으로 지쳐가는 듯했다.

"아아. 들립니까? 마스터 차. 들려요? 젠장."

조동혁이 괜한 던전 레이더에 심통을 부렸다.

필드에 들어서는 순간 던전 레이더는 지구와 통신이 불가능해졌다.

"얘들아, 이리 와."

난 전리품을 내게 건넨 뒤, 제들 멋대로 뛰놀고 있는 펫들을 불러 모았다.

펫들은 내 부름에 전부 다가왔다.

한 놈만 빼고.

"시크냥! 이리 와, 좀."

"…냐우."

시크냥이 파란색 눈동자를 반쯤 뜬 채로 날 바라보다가 귀찮아 죽겠다는 티를 팍팍 내면서 어슬렁어슬렁 다가왔다.

"잘 들어. 이 필드가 얼마나 더 넓은지 알 수 없으니까 너희들도 최대한 힘을 아끼면서 싸워. 특히 시크냥. 너 그렇게 마법 막 써대다가 나중에 곤란한 상황에 처할 수 있어. 아끼라고. 알았어?"

시크냥이 콧방귀를 끼며 고개를 휙 돌리더니 앞발을 핥았다.

아… 정말 싸우고 싶다.

"너 진짜……."

내가 한마디 하려고 하니 시크냥이 꼬리로 다리를 툭 친다. 그러고서는 파란 눈으로 나와 아이 컨텍을 하고서 눈을 천천히 깜빡깜빡거린다.

그 비쥬얼이 사람 심장 그냥 녹아내리게 만들 만큼 귀여웠다.

"그래, 귀여우면 다 용서돼."

내가 시크냥을 길들이는 게 아니라 시크냥에게 길들여지는 기분이 드는 건 왜일까?

"아무튼 이제 다시 돌아가서 전투 대기하고 있……."

내가 펫들을 봉인시키려 할 때였다.

삐빅—!

비욘더들의 던전 레이더에서 일제히 경고음이 울렸다.

나는 액정을 확인해 보고 적잖이 놀랐다.

"감지되는 몬스터 레벨이… 5라고?"

"이제 좀 할 만하겠네!"

한규설이 신나서 소리쳤다.

반면 다른 비욘더들의 낯빛은 어두워졌다.

이어.

두두두두두두두두!

저 멀리서 수백의 몬스터 군단이 달려왔다.

*   *   *

아진 일행은 멀리서 다가오는 몬스터 군단을 주시했다.

어느 정도 거리가 줄어들자 녀석들의 모습을 확인할 수가 있었다.

이번에도 기본적으로 구루만과 스케라가 전력의 대부분이었다.

그 사이사이 2레벨, 3레벨 몬스터들도 제법 섞여 있었다.

그런데 가장 위협이 되는 존재가 보였다.

바로 그 몬스터 군단을 움직이는 붉은 피부의 인간형 몬스터 알데브란이었다.

알데브란은 5레벨로 분류되는 몬스터다.

1성 알데브란은 180이 넘는 키에 쉽사리 뚫을 수 없는 붉은 가죽으로 무장을 하고, 이마에 작은 뿔이 돋아 있다.

마법이나 이능력은 없다.

다만 쉽게 뚫리지 않는 가죽과 강력한 힘, 빠른 스피드로 상대를 제압한다.

어지간한 마법도 알데브란에게는 먹히지 않는다.

3클래스 파이어 볼 정도는 코웃음 치면서 손으로 받아쳐 버리는 것이 알데브란이다.

그만큼 그의 육체는 가공할 방어력을 자랑하며, 또한 집채 만 한 바위도 주먹질 한 방에 가루로 만들어 버리는 힘을 가 지고 있다.

아울러 알데브란 종족은 상당히 수준 높은 언어 체계를 가 지고 있다.

다른 몬스터들처럼 알아듣지도 못할 말로 대화를 하는 게 아니라 제대로 된 언어를 주고받아 의사소통을 한다.

에스테리앙 대륙에서는 몬스터 학자들이 이런 알데브란의 언어 체계를 연구했고, 끝내는 해석해 냈다.

아진 역시 에스테리앙 대륙에 머무는 동안 알데브란을 테 이밍했었기에 그들의 언어를 알아들을 수 있었다.

아진은 멀리서 알데브란의 형태를 어설프게나마 확인했을 땐 녀석을 테이밍해야겠다고 마음먹었다.

그런데 더 가까운 거리에서 놈의 모습을 보고 난 뒤엔, 그 런 생각을 지워 버렸다.

지금 몬스터 무리를 이끌고 나타난 알데브란은 그냥 5레벨 몬스터가 아니었다.

1성의 알데브란보다 머리 두 개는 더 큰 키, 훨씬 다부진 몸, 굵고 기다란 이마의 뿔, 그리고 등에서 갑자기 자라난 붉은 날개!

"7성."

아진이 나직이 말했다.

녀석은 5레벨 7성, 즉 최고 진화를 해버린 알데브란이었다.

7성 알데브란이 나타난 이상 그를 테이밍한다는 허황된 생각은 버려야 했다.

아니, 지금 이 인원으로 녀석을 잡을 수 있는지부터가 관건이다.

여태껏 던전에서 비욘더들이 맞닥뜨렸던 건 1성의 알데브란이었다.

5레벨 1성과 7성의 차이는 엄청나게 크다.

5레벨 7성은 6레벨 1성의 몬스터와 맞먹을 정도다.

'어떡해야 하지?'

현재 비욘더들은 전부 살짝 지쳐 있었다.

그런 상황에서 알데브란만 상대하기도 벅찬데 수백의 몬스터 대군이 밀어닥쳐 오고 있었다.

우선은 잡스러운 녀석들의 머릿수를 최대한 줄이는 게 최선이었다.

"예티! 소닉붐!"

아진이 예티에게 명령을 내렸다.

예티는 몬스터 무리를 향해 입을 쩍 벌리고 소리쳤다.

"듀라라라라라라라─!"

예티의 입에서 터져 나간 소닉붐이 선두에 있던 몬스터들을 휩쓸었다.

"구어어어어!"

"카라락! 카락!"

"라라랑~"

소닉붐에 얻어맞은 몬스터들이 고통의 비명을 질렀다.

예티는 3레벨 몬스터지만 최고 진화를 한 상황이었기에 소닉붐에 정통으로 당한 2, 3레벨 몬스터는 즉사했고, 4레벨 1성인 구루만과 스케라도 사지가 꺾이거나 허리가 돌아가 전투 불능 상태에 빠졌다.

빠르게 진격하던 선두 그룹 몬스터들이 나자빠지자 뒤에 있던 몬스터들이 엉켜서 함께 넘어지며 대열이 망가졌다.

몬스터들의 진군에 일순 제동이 걸렸다.

그때를 놓치지 않고 아진이 또다시 명령을 내렸다.

"타조! 흰둥이! 털 공격!"

"우루루루!"

"라라랑~!"

두 녀석이 힘차게 울어젖히며 앞으로 나섰다.

타조는 최고 진화를 하며 터득한 비기를 시전하기 위해 거대한 날개를 크게 펄럭였다.

그러자 주변의 기류가 엉망으로 뒤엉키더니 거대한 폭풍이 만들어졌다.

타조가 다시 한 번 날개를 펄럭였다.

그에 폭풍의 규모가 더욱 커졌다. 마지막으로 한 번 더 날개를 퍼덕이자 붉은 깃털들이 폭풍 안으로 휘말려 들어갔다.

휘이이이이이이—!

폭풍은 귀 아픈 소리를 내며 우왕좌왕하고 있던 몬스터 무리를 덮쳤다.

"끼에에에에!"

"토톳!"

"구우우우우!"

폭풍에 휘말린 몬스터들이 일제히 허공으로 떠오르는가 싶더니 폭풍 안에서 돌고 있는 날카로운 날개에 수십 조각으로 분쇄되었다.

그 광경이 마치 몬스터들을 믹서기에 놓고 갈아버리는 것만 같았다.

폭풍은 쉽게 그치지 않고 몬스터들의 무리 사이를 계속해서 휘저었다.

폭풍이 지나가는 자리마다 여러 몬스터의 시체가 생겨났다.

예티의 소닉붐에 타조의 폭풍 공격까지 연달아 받아버린

몬스터들은 혼란에 빠졌다.

아주 잠깐 동안 수십의 동료를 잃었으니 그럴 만도 했다.

그제야 상황을 관조하고 있던 알데브란이 나섰다.

그는 미친 듯이 몰아치는 폭풍으로 다가가 주먹을 내질렀다.

그가 내민 주먹을 따라 심하게 요동친 대기가 뭉쳐 따라왔다.

카카카카카칵!

태풍과 알데브란이 주먹과 함께 날려 버린 대기가 부딪혔다.

두 개의 바람은 맹렬하게 힘겨루기를 했다.

그사이 알데브란의 주먹질이 몇 번 더 이어졌고 결국.

스으으으으으―

그치지 않을 것 같은 폭풍이 흩어졌다.

"역시 만만찮네."

알데브란의 괴력에 아진이 너털웃음을 흘렸다.

"저 새끼 뭐냐?"

강철수가 아진에게 다가와 물었다.

"왜 자꾸 모르는 몬스터 나타나면 나한테 물어요?"

"그러게? 그냥 네가 제일 잘 알 거 같았나 보지. 새끼가 따지기는."

"전부 조심하세요. 보통내기가 아닌 것 같아요."

이환이 바짝 날을 세웠다.

"아무래도 우리 모두 이 전투에 전력을 쏟아야 할 것 같소이다."

"저 녀석들 때려잡느라 힘 다 썼는데 또 다른 녀석들이 몰려오면 어쩝니까?"

설소하의 말에 조동혁이 예리한 척 질문했다.

그에 아진이 벌레 씹은 것 같은 얼굴로 조동혁을 바라보며 소리쳤다.

"지금 전력을 다하지 않으면 또 다른 녀석들이고 나발이고 다 죽어요! 상황 파악 안 되면 입 닫고 가만히 따라와요!"

아진의 일갈에 조동혁은 황당해서 눈을 크게 떴다.

자신보다 나이도 어리고 비욘더 경력도 한참 후배인 녀석에게 다그침을 당하니 기분이 나빴던 것이다.

하지만 그는 독고진과 달리 생각이라는 걸 할 줄 알았다.

지금 상황에서는 그가 바보 같은 말을 한 게 맞고, 그래서 화를 낼 수 없었다.

펫들의 활약으로 몬스터의 수가 많이 줄었지만 그래도 이백이 넘는다.

그 와중에 알데브란의 위압감은 실로 어마어마했다.

알데브란이 검지를 뻗어 비욘더들을 가리켰다.

그러자 몬스터들이 사기충천해서 성난 황소처럼 달려들었다.

"어차피 죽이지 않으면 죽는 거지, 뭐. 비욘더가 되는 순간부터 늘 그래왔잖아."

한규설이 헤헤 웃으며 마주 달려 나갔다.

그가 스무 개의 무형검을 전부 만들어 몬스터들 무리로 뛰어들었다.

몬스터들은 한규설을 잡기 위해 사방에서 몰려들었으나.

서걱! 서거걱! 슈각!

근처에 닿기도 전에 두 동강 난 시체가 되었다.

한규설은 몬스터 무리를 종횡무진하며 달려 나갔다.

그가 달리는 궤적을 따라 수십 구의 몬스터 시체가 생겼다.

하지만 한규설이 노리는 건 이런 잔챙이 몬스터들이 아니었다.

알데브란의 목이었다.

한규설은 알데브란의 지척까지 다가가는 순간 스무 개의 무형검을 한데 모았다.

그의 눈에만 금색 빛 무리의 형태로 보이는 무형검들이 뒤죽박죽 뭉쳐 거대한 하나의 대검이 되었다.

검신만 2미터에 달하는 무서운 검이 알데브란의 정수리를 향해 내리그어졌다.

순간, 알데브란은 날카로운 기운을 느끼고 팔을 들어 그것을 막았다.

카카카캉!

무형검과 알데브란의 가죽이 부딪혔다.

알데브란의 팔을 통해 전해진 어마어마한 힘의 압력이 전신을 짓눌렀다.

게다가 아주 조금씩이지만 그의 가죽이 무형검의 날에 찢기고 있었다.

알데브란은 놀고 있던 다른 쪽 손으로 주먹을 말아 쥐고 알데브란의 검면이라 생각되는 지점을 후려쳤다.

까아아아앙!

쩌저적! 쩌적!

강력한 주먹질 한 방에 무형검이 깨져 나갔다.

그 광경을 보는 한규설의 눈이 크게 떠졌고, 입에는 환희로 가득 찬 미소가 걸렸다.

"무형검을 부숴? 이 새끼 진짜 쎄! 하하하하하!"

그 순간 알데브란의 모습이 갑자기 사라졌다.

동시에 등에서 아찔한 기운을 감지한 한규설이 몸을 돌리려 했다. 한데 그보다 먼저 알데브란의 주먹이 작렬했다.

까앙!

"윽!"

한규설은 등에서 어마어마한 대미지를 느끼며 앞으로 죽 날아가 바닥을 굴렀다.

"휘유~ 골로 갈 뻔했네."

욱신거리는 등을 어루만지며 한규설이 일어섰다.

그는 알데브란의 주먹이 닿기 직전, 무형검을 다시 소환해 검면으로 등을 보호했다.

물론 그럼에도 날아드는 충격파가 어마어마했지만 치명상을 입는 건 피할 수 있었다.

한규설이 알데브란을 상대하는 사이 다른 비욘더들은 바쁘게 몬스터들의 머릿수를 줄여 나가는 중이었다.

이번에도 샤오샤오의 활약이 빠질 수는 없었다.

아진은 비욘더들이 몬스터를 한곳으로 몰아넣도록 부탁했다.

이어 몬스터 무리에다 샤오샤오를 투척했다.

"샤, 샤아아아아아아!"

샤오샤오는 또 한 번 자신을 이딴 식으로 이용한 아진에게 원망의 눈빛을 보내는 한편, 몬스터 무리에 떨어진 걸 부끄러워하다가.

콰아아앙!

지면을 후려쳤다.

샤오샤오의 고사리 주먹에 격동한 지면이 뒤집어지면서 비산한 돌멩이가 몬스터 수십 마리의 육신을 걸레짝으로 만들어놓았다.

이제 남은 몬스터의 수는 이십여 마리도 채 되지 않았다.

잔챙이들을 깔끔하게 정리하는 건 설소하의 몫이었다.

그가 부채로 바람의 칼날을 만들어 날려 몬스터들의 목을 벴다.

전장에 두 발로 버티고 선 몬스터는 단 한 마리.

5레벨 7성 알데브란.

"쿠후우우─"

다른 몬스터들이 전멸한 것을 확인한 알데브란이 깊은 숨을 내쉬었다.

이윽고 그의 눈에서 불똥이 튀었다.

                    *   *   *

전투는 일방적이라고 해도 좋을 만큼 한쪽으로 극명히 치우쳤다.

비욘더들을 비롯, 아진과 그의 펫들도 알데브란 한 마리를 상대로 전력을 다해 싸웠다.

알데브란은 강력한 공격을 전부 몸으로 받아내면서도 꿈쩍하지 않고 되레 반격을 가해왔다.

녀석의 주먹에 처음으로 나가떨어진 건 조동혁이었다.

강철수가 알데브란과 맞서 싸우자 조동혁도 돕겠다고 다가와 측면을 노렸다.

한데.

푹!

"…어?"

알데브란의 주먹이 조동혁의 복부를 뚫고 들어가 등으로 빠져나왔다.

"동혁아!"

강철수가 놀라 소리쳤다.

"쿠후우!"

알데브란은 격한 숨을 내쉬며 조동혁의 몸을 꿰뚫은 팔을 휘둘렀다.

조동혁의 육신이 알데브란의 팔에서 빠져나가며 강철수에게 날아들었다.

강철수가 그런 조동혁을 받아내는 순간.

뻐억!

턱에서 강력한 충격이 밀려왔다.

알데브란의 무릎에 가격당한 것이다.

강철수는 어지러운 정신을 겨우 움켜쥐며 멀리 나가떨어졌다.

하지만 가까스로 몸을 일으킨 강철수의 시야에 들어온 것은.

콰지직! 콰직!

잔인하게 뜯겨 나가는 조동혁의 머리였다.

"이런 개새끼가!"

그 광경을 본 강철수의 눈이 돌아갔다.

그는 욕설과 함께 앞뒤 가리지 않고 알데브란에게 달려들었다.

다른 비욘더들도 협공을 가했다.

바람의 칼날이 알데브란의 몸을 때렸고, 강철수의 주먹에서 피어난 불꽃이 커다란 폭발을 일으켰다.

스무 자루의 무형검도 알데브란의 몸 곳곳을 찔러댔다.

이환 역시 자신이 할 수 있는 최강의 전격 마법을 시전했다.

아진도 스케라 건을 꺼내 들어 시전할 수 있는 가장 강력한 공격 마법을 3중첩시켜 방아쇠를 당겼다.

그러나 전력을 퍼부은 공격 속에서도 알데브란은 멀쩡했다.

퍼퍼퍼퍼퍽!

녀석이 당황하는 비욘더들을 일격에 제압했다.

"큭!"

"악!"

비욘더들은 알데브란의 공격을 막을 생각도 못하고서 일제히 나가떨어졌다.

펫들도 마찬가지였다.

오로지 계속해서 알데브란을 피해 다니던 샤오샤오만 멀쩡했다.

알데브란이 천천히 샤오샤오에게 다가왔다.

"샤아?"

모든 사람과 펫이 쓰러져 어디 숨을 구석이 없어진 샤오샤오는 바들바들 떨며 알데브란을 바라봤다.

그 떨림의 원인은 공포 같은 게 아니었다.

참을 수 없는 부끄러움 때문이었다.

아진은 바닥에 널브러져 끊어질 것 같은 복부를 움켜쥐고 쿨럭댔다.

벌어진 입 밖으로 붉은 핏물이 튀어나왔다.

"크흡… 저런 별것도 아닌 새끼한테 체면 완전히 구기네."

아진이 중얼거리며 몸을 일으키려 했다.

하지만 오장육부가 다 뒤틀리는 것 같은 고통이 그를 다시 주저앉혔다.

알데브란에게 제대로 얻어맞은 복부 때문에 속이 엉망이었다.

찰나지간 설소하가 일으킨 바람의 칼날이 알데브란의 팔을 때려 충격을 줄여주지 않았다면 조동혁과 같은 꼴을 당했을 터였다.

겨우 목숨은 부지했으나 장기에 심각한 손상을 입었다.

아울러 아진의 목숨을 구해준 설소하도 그 이후 바로 알데브란에게 옆구리를 얻어맞고 멀리 나가떨어져 뻗어버렸다.

묵직한 주먹은 그의 좌측 옆구리 뼈를 모조리 부러뜨려 놓았다.

다른 비욘더들 역시 심각한 부상을 입었다.

펫들도 마찬가지였다.

1, 2레벨 몬스터인 블링이와 꼬맹이, 흰둥이는 말할 것도 없고 3레벨인 타조와 예티도 알데브란의 주먹 한 방에 녹다운됐다.

그나마 기대를 해봤던 4레벨 몬스터 시크냥 역시 알데브란을 상대로는 역부족이었다.

시크냥은 뒷다리와 허리뼈가 부러져 꼼짝도 할 수 없는 상태였다.

샤오샤오에게 천천히 다가오던 알데브란이 갑자기 사라졌다.

"샤아?"

샤오샤오가 놀라는 사이, 알데브란이 코앞에서 모습을 드러냈다.

"샤, 샤아아아아아?!"

깜짝 놀란 샤오샤오가 저도 모르게 주먹을 내질렀다.

가뜩이나 다른 생명체와 마주하는 걸 부끄러워하는 샤오샤오다. 그런데 알데브란이 바로 앞까지 다가와 있으니 부끄러움이 배가되었다.

알데브란도 그런 샤오샤오에게 주먹을 뻗었다.

콰아아아아앙!

두 몬스터의 주먹이 충돌하며 굉음과 함께 충격파가 터졌다.

콰드득! 콰득!

알데브란과 샤오샤오를 중심으로 반경 5미터의 대지가 푹 파였다.

두 몬스터는 어느 한쪽도 밀리지 않았다.

맞닿은 주먹은 회수되지 않고 계속 서로를 향해 밀고 들어 갔다.

그때, 알데브란이 갑자기 주먹을 뒤로 빼는가 싶더니 반대 쪽 주먹을 빠르게 휘둘렀다.

"샤?"

뻑!

알데브란의 주먹은 방심하고 있던 샤오샤오의 옆구리를 그 대로 가격했다.

"샤앗!"

샤오샤오가 아찔한 충격에 눈을 질끈 감았다.

샤오샤오의 몸이 빠르게 날아가 바닥에 여섯 번이나 튕기 고 나서야 겨우 멈췄다.

"샤아아아……."

샤오샤오는 자리에서 일어나지 못하고 움찔거렸다.

"샤오샤오가… 밀렸어?"

아진은 허탈함을 느꼈다.

사실 그는 샤오샤오가 알데브란을 이길 수 있을지도 모른 다는 일말의 희망을 갖고 있었다.

여태껏 보여줬던 샤오샤오의 가공할 힘과 스피드는 4레벨 몬스터의 역량을 초월하는 것이었다.

만약 샤오샤오가 정말 4레벨 이상의 몬스터라면 5레벨인 알데브란을 잡을 수도 있는 일이었다.

하지만 아니었다.

샤오샤오도 알데브란에게는 역부족이었다.

그러나.

"역시 샤오샤오. 그냥 눕지는 않는구나."

알데브란의 붉은 가죽 사이사이에서 조금씩 흘러나오는 검은 피를 보며 아진이 씩 웃었다.

대미지가 있었다.

알데브란은 샤오샤오와 주먹을 맞부딪히는 순간 몸 전체에 상당한 대미지를 입었다. 겉보기엔 멀쩡한 것 같으나 팔다리, 몸통의 일부분에서 실처럼 흘러내리는 검은 피가 그것을 증명했다.

녀석의 전투 방식은 방어 없이 무조건 공격에 올인하는 스타일이다. 자신의 몸을 감싼 붉은 가죽의 방어력을 믿기 때문이다. 그래서 비욘더들과의 싸움에서도 대부분의 공격을 몸으로 받아냈다.

분명 비욘더들은 알데브란에게 치명상을 줄 수 없었다.

적어도 외적으로는 그랬다.

하나 몸속까지 가죽처럼 단단하고 질긴 건 아니었다.

가공할 공격들은 가죽을 뚫지 못해도 그 위력이 몸속으로 전해졌다.

그때마다 알데브란은 조금씩 내상을 입어왔다.

물론 내상이라고 해봤자 그토록 치명적인 건 없었다.

한데, 조금씩 몸속에 쌓여가던 대미지를 샤오샤오의 주먹한 방이 크게 터뜨렸다.

"가죽 안쪽은 엉망이 된 거야. 아직 끝나지 않았어!"

희망의 끈을 다시 붙잡은 아진이 힐링 포션을 복용하고 벌떡 일어섰다.

그러자 다른 비욘더들도 비바람에 스러졌던 풀잎이 다시 일어서는 것처럼 동시에 몸을 일으켰다.

다들 샤오샤오가 알데브란을 상대하는 사이 힐링 포션을 복용한 것이다.

모든 비욘더가 한데 모여 다가오는 알데브란을 경계했다.

그런 비욘더들에게 아진이 말했다.

"다들 보이죠? 가죽 뚫고 피 흘러나오는 거."

설소하가 고개를 끄덕였다.

"필시 내상을 입었다는 뜻일 터!"

"맞아요. 아마 저 녀석, 속이 엉망일 거예요. 이건 그냥 제짐작이지만 누군가 큰 거 한 방 제대로 선물해 주면 저 새끼골로 갈 것 같거든요. 그런데……."

비욘더들을 훑어본 아진이 피식 웃었다.

"꼬라지들이 하나같이 그건 불가능할 것 같고."

비욘더들은 힘을 거의 다 소진한 상태였다.

힐링 포션이 부상을 치유해 주긴 했으나 바닥까지 긁어낸 기력을 다시 채워줄 수는 없었다.

"씨팔, 가랑비에도 옷 젖는다는 말 모르냐?"

강철수가 씨근거렸다.

조동혁의 죽음으로 그의 가슴엔 분노의 불씨가 지펴진 지 오래였다.

"내가 저 새끼 아주 조져놓는다."

강철수가 말과 함께 앞으로 튀어나갔다.

그 뒤를 다른 비욘더들이 따라 달렸다.

강철수가 택한 방법은 단순무식했으나 지금으로선 더 나은 수단이 없었다.

큰 거 한 방이 없다면, 쓰러질 때까지 계속해서 적은 대미지를 누적시키는 것밖엔!

알데브란은 자신을 포위한 다섯 명의 비욘더들을 훑어보았다.

"쿠후우. 쿠!"

녀석이 입으로 거친 숨을 뱉었다.

호흡이 흐트러지기 시작했다는 증거다.

그 순간 비욘더들이 일제히 알데브란에게 달려들었다.

아진도 스케라 건을 아공간에 집어넣고 스케라 소드를 꺼내 들었다.

포스가 거의 바닥난 상황인지라 스케라 건은 아무 의미가 없었다.

"죽어 이 새끼야!"

강철수가 알데브란의 정면에서 주먹을 뻗었다.

알데브란은 강철수보다 늦게 주먹을 내질렀다.

하지만.

뻑!

"큭!"

알데브란의 주먹이 먼저 강철수의 턱을 가격했다.

강철수는 동물 같은 반사 신경으로 턱에 주먹이 닿는 순간 미리 공격이 들어오는 반대 방향으로 빠르게 돌려 충격을 반 이상 흘려보냈다.

덕분에 심하게 비틀거렸으나 쓰러지지는 않았다.

조금 전까지는 알데브란을 상대로 상상도 할 수 없는 상황이었다.

그만큼 알데브란의 스피드가 떨어졌다는 것이고 이는 곧 녀석의 누적 대미지가 은근히 크다는 말과 같았다.

비욘더들은 전부 이러한 사실을 캐치했다.

강철수가 빠진 자리로 빠르게 치고 들어온 이환의 손에 들린 검이 섬광처럼 뻗어 나갔다.

비록 고갈된 포스로 인해 전격을 담을 수는 없었지만, 맹렬한 스피드 자체만으로도 충분히 위협적이었다.

카카캉!

하지만 알데브란의 가죽을 뚫는 건 역시 무리였다.

하나 검끝이 닿은 알데브란의 복부에서 미세한 떨림이 일었다.

고통의 반증이었다.

"쿠후!"

알데브란이 기합과 함께 칼날을 쳐냈다.

캉!

검을 들고 있던 이환의 팔이 힘없이 옆으로 벌어지며 상체가 확 열렸다.

그녀의 명치로 알데브란의 주먹이 작렬했다.

뻑!

"꺅!"

이환이 비명과 함께 뒤로 날아갔다.

동시에 설소하와 한규설이 알데브란의 양쪽 측면에서 공격을 가했다.

설소하가 쇠부채로 바람의 칼날을 날렸다.

한규설은 남은 포스를 모두 쥐어짜 무형검 열 자루를 소환시켜 하나로 합친 뒤, 옆구리를 향해 휘둘렀다.

알데브란은 이번에도 방어할 생각은 없이 두 사람에게 공격을 퍼부었다.

퍼퍽!

"큭!"

"아야야!"

설소하와 한규설이 거의 동시에 명치를 얻어맞고 뒤로 날아갔다.

카카칵!

콰앙!

알데브란은 바람의 칼날과 무형검에 당해 비틀거렸다.

가죽을 뚫고 흘러나오는 피의 양도 전보다 많아졌다.

그때 아진이 스케라 소드를 찔러 넣었다.

절영검법의 요체에 따라 뻗어 나간 스케라 소드는 군더더기 없이 깔끔한 궤적을 그리며 알데브란의 복부에 닿았다.

그러나 거기까지였다.

캉!

검끝은 가죽에 막혔다.

하지만 끝난 게 아니었다.

"라이트닝 애로우!"

아진이 남은 포스를 긁어모아 1서클 전격 마법 라이트닝 애로우를 검날에 시전했다.

검날을 타고 간 뇌전이 알데브란의 가죽에 부딪혀 스파크를 튀겼다.

지직! 지지직!

당연한 얘기지만 고작 그 정도의 뇌전이 알데브란에게 대미지를 주기엔 무리였다. 하나 아진은 바보가 아니었다. 성과도 없을 일에 힘을 쏟지는 않는다.

"쿠!"

알데브란이 몸을 미세하게 떨며 괴로운 숨을 토했다.

자세히 보니 스케라 소드의 검끝이 알데브란의 피가 흘러나오는 가죽의 미세한 구멍에 맞닿아 있었다.

아진은 처음부터 그곳을 노렸다.

덕분에 전격이 그 틈을 타고 들어가 몸 안으로 퍼진 것이다.

"쿠후!"

알데브란이 간질병 환자처럼 발작하다 두 손을 뻗어 아진을 밀어냄과 동시에 허공에 붕 떠서 뒷발을 후렸다.

아진은 가까스로 팔을 올려 얼굴을 보호했다.

뻑!

두드득!

"크으!"

팔뼈가 그대로 부러지며 아진은 옆으로 날아갔다.

쿠당탕!

"으아… 진짜 장난 아니네, 저 새끼."

알데브란의 힘이 온전했다면 팔만 부러지는 것으로 끝나지 않고, 머리가 박살 났을 것이다.

"쿠후우! 쿠후우우우우우우우!"

알데브란이 주변에 널브러진 비욘더들을 슥 훑고서 갑작스레 포효했다.

동시에 그가 두 주먹을 꽉 쥐고 기마 자세를 취했다.

아진은 놈이 무엇을 하려는 건지 눈치채고서 소리쳤다.

"다들 웅크려!"

비욘더들은 상황이 상황인 만큼 아진의 말에 따라 몸을 잔뜩 웅크렸다.

그 순간!

콰아아아아아아아앙!

알데브란의 몸에서 터져 나온 에너지 덩어리가 강렬한 폭발을 일으켰다.

순간 강렬한 폭풍이 일었고, 그것은 주변의 모든 것들을 휩쓸었다.

비욘더들은 충격파에 얻어맞고 폭풍에 휩쓸려 하늘 높이 솟구친 뒤, 바닥에 떨어졌다.

퍼억!

퍽!

"크윽!"

"큭!"

어마어마한 충격에 다들 희미해져 가는 정신을 겨우 붙잡았다.

강철수, 이환, 설소하, 한규설, 그리고 루아진.

다섯 명 모두 전투 불능이 되었다.

"샤아!"

그 와중에 부상을 입은 상태에서도 겨우 몸을 일으킨 샤오샤오가 아진에게 다가와 그의 몸을 흔들었다.

"샤⋯ 샤오샤오⋯⋯."

힘겹게 뜬 아진의 눈에 걱정스러워하는 샤오샤오의 얼굴이 보였다.

멀리서 이를 본 알데브란이 몸 곳곳에서 검은 피를 주륵주륵 쏟아내며 둘에게 다가왔다.

"제기랄⋯ 저 새끼⋯ 진짜 큰 거 한 방이면 골로 가는 건데."

"쿠후우!"

알데브란의 검은 그림자가 아진과 샤오샤오의 머리 위에 드리워졌다.

"카우아."

알데브란이 그들 종족의 언어로 말했다.

아진은 그것을 알아들을 수 있었다.

'죽인다.'

보아하니 지금은 샤오샤오도 부상을 입어 도저히 알데브란을 막기가 힘들 터였다.

'정말 이대로 끝인가?'

절망의 어둠이 희망을 잠식했다.

알데브란이 주먹을 말아 쥐고 뒤로 죽 당겼다.

이어 그의 주먹이 앞으로 튀어 나가려는 순간!

"샤… 샤아아아아아아아아!"

샤오샤오의 입에서 사자후와 같은 포효가 터져 나왔다.

우렁찬 목소리에 섞인 기이한 에너지는 일순 알데브란의 주먹을 멈추게 만들었다.

이어 샤오샤오의 몸에서 푸른빛이 일렁이더니 저 멀리 쓰러져 있던 시크냥의 몸속에 깃들었다.

"샤아아아아아아!"

샤오샤오가 또 한 번 포효했고, 시크냥이 서서히 몸을 일으켰다.

"저, 저건……."

시크냥을 바라보던 아진의 눈이 홉떠졌다.

시크냥의 부러졌던 부위가 순식간에 나았다. 그러더니 짧은 팔다리가 길죽길죽하게 자라났다.

하얗던 털은 에메랄드빛으로 변해 아름답게 너울거렸다.

꼬리가 채찍처럼 길게 자라났으며 얼굴은 주둥이가 뾰족하게 나오고 눈매가 날카로워졌다.

"냐우~"

전과 완전히 다른 모습을 하게 된 시크냥이 도도하게 울었다.

그에 아진이 놀란 음성을 흘렸다.

"가… 강제 진화……!"

그의 머릿속에 아르마가 해주었던 얘기가 떠올랐다.

"모든 테이머들의 꿈이 뭔지 알아, 아르넬로? 전설의 몬스터를 테이밍하는 거야. 조금 유치하지? 그런데 정말로 있다. 물론 전설이라는 게 대부분 허황된 얘기에 그치는 경우가 많지만 이건 정말이야. 생김새 같은 건 몰라. 전해져 내려오는 얘기라고는 하나뿐이야. 그 전설의 몬스터는 다른 몬스터를 자기 의지로 강제 진화시킬 수 있대. 그것도 최고 진화 형태로. 하지만 아주 잠깐뿐이라더라. 그래도 그게 어디야? 엄청 멋진 얘기지?"

아진은 당시엔 아르마의 말이 허황된 거짓이라 생각했다.

그런데 그는 지금 두 눈으로 직접 보았다.

다른 몬스터를 강제 진화시키는 전설 속의 몬스터.

"샤아아……?"

그래놓고서는 자기가 무슨 짓을 한 건지 몰라, 어리둥절해하는 작은 몬스터.

"샤오샤오."

샤오샤오를.

Taming 31
떠오른 기억

　샤오샤오의 힘으로 최고 진화를 한 시크냥이 알데브란을 쏘아봤다.

　알데브란은 그런 시크냥을 무시하고 샤오샤오에게 주먹을 내질렀다.

　그때.

　슥—

　시크냥의 모습이 유령처럼 사라졌다가 샤오샤오의 앞에 다시 나타났다.

　동시에 시크냥의 꼬리가 휘둘러지며 알데브란의 주먹을 쳐냈다.

빠악!

알데브란의 주먹은 강렬한 일격에 궤도를 달리하고 옆으로 비껴 나갔다.

"냐우~"

시크냥이 꼬리를 살랑거리며 울었다.

그 광경에 아진의 입가에 미소가 어렸다.

가뜩이나 빠른 게 특징인 시크냥이다. 녀석이 7성으로 진화하게 되면 음속으로 움직일 수 있게 된다.

"이제 잡을 수 있어."

알데브란은 이미 엉망이 되어버린 상황이다.

7성의 시크냥이라면 녀석을 충분히 잡을 수 있었다.

"샤오샤오 너 정말… 이렇게 대단한 녀석일 줄은 몰랐다."

아진이 환희에 차 샤오샤오에게 말했다.

하지만 정작 이 모든 일을 저지른 샤오샤오 본인은.

"샤, 샤아아아아?!(애, 애 누구야?!)"

자기 앞에 서 있는 7성 시크냥을 보고서 화들짝 놀라고 있었다.

"네가 진화시킨 거잖아."

아진이 어처구니없어 말했다.

샤오샤오가 도리질했다.

"샤아아아, 샤아.(몰라, 그게 뭐야. 무서워. 부끄러워.)"

그리고서 샤오샤오는 아진의 뒤에 숨었다.

"쿠후우!"

알데브란은 시크냥이 쉽게 상대할 수 없음을 알아봤다.

해서 쉽게 덤벼들지 못하고 눈치를 살폈다.

시크냥은 그런 알데브란을 도도하게 바라보며 이 상황을 즐겼다.

"시크냥. 빨리 끝내. 너 평생 그 상태로 있을 수 있는 거 아니야. 아주 잠깐이라고. 그렇게 여유 부리다 진화 풀리면 우리 다 죽는다."

"냐하아~"

시크냥이 아진을 쏘아봤다.

그러고서는 어쩔 수 없다는 듯 고개를 절레절레 젓고서 알데브란에게 꼬리를 휘둘렀다.

쉬릭!

알데브란은 시크냥의 꼬리를 손으로 막았다.

방어를 모르던 녀석이 방어 태세를 갖췄다.

몸이 이미 엉망이라는 뜻이다.

시크냥은 알데브란이 꼬리를 막는 순간 한 마리 새처럼 날아올랐다. 이어 아름다운 호를 그리며 공중제비를 넘어, 전광석화 같은 몸놀림으로 내리꽂히며 앞발을 휘둘렀다.

카카카칵!

시크냥의 공격은 이미 지쳐 버린 알데브란의 눈에 보이지도 않았다.

그저 번쩍! 하는 잔상과 함께 전신의 곳곳에서 타격이 일었다.

시크냥은 알데브란의 어깨를 밟고 서서 정수리에 한 손을 얹었다.

이어 시크냥의 손이 빠르게 진동하기 시작했다.

"쿠, 쿠후우!"

그에 따라 알데브란의 전신이 전동 드릴마냥 떨려왔다.

시크냥이 지금 하고 있는 것은 고유 기술 중 하나인 쇼크웨이브였다.

어떠한 물체에 손을 대고 음속으로 진동을 주어 내상을 입게 만드는 기술이다.

몸속이 엉망인 알데브란을 무너뜨리기에는 제격인 기술이었다.

"쿠후우우우우! 그오아!"

알데브란이 고통스러움에 고함을 질렀다.

하지만 시크냥을 제압할 수는 없었다.

이미 그의 두 팔은 힘을 잃고 축 늘어져 있었다.

허리도 전과 달리 한참 굽었다.

두 발로 겨우 땅을 밟고 서 있는 게 고작이었다.

"그오아아아아아!"

다시 한 번 고함을 토해내는 알데브란의 오공으로 피가 솟구쳤다.

"쿠후… 우우우."

급기야 알데브란의 눈이 튀어나왔고, 두개골이 깨졌다.

뻥 뚫린 눈구멍에서 제멋대로 뒤섞인 피와 뇌수가 줄줄 흘러내렸다.

육신의 커맨드 센터가 사라지자 의지를 잃은 몸뚱이는 힘을 잃고 바닥에 널브러졌다.

털썩.

시크냥은 알데브란이 완전히 쓰러지기 전 우아하게 몸을 날려 땅에 사뿐히 착지했다.

"냐우~"

시크냥이 쓰러진 알데브란을 거만하게 내려다보며 앞발을 핥았다.

그 순간.

츠즈즈즈즈즈─

시크냥의 몸에서 푸른빛이 일어 사방으로 흩어졌다.

시크냥은 다시 3성의 모습으로 돌아왔다.

아진이 그런 시크냥에게 다가가 머리를 쓰다듬어 주었다.

"잘했다, 시크냥! 네 덕분에 살았어."

시크냥은 이번에는 아진의 손을 물지 않았다. 그저 꼬리만 살랑거리며 흔들면서 딴 곳을 바라봤다.

아진은 자신의 뒤에 숨어 있는 샤오샤오에게 시선을 돌렸다.

"샤오샤오. 아르마가 말하던 전설의 몬스터가 설마 너였을 줄이야. 진짜 대박이다, 너."

"샤아아."

"아이고, 예쁜 놈!"

아진은 샤오샤오를 들어서 품에 안으려다가 부러진 오른팔의 욱신거림에 미간을 찌푸렸다.

"으다다! 맞다, 부러졌었지."

아진은 부러진 팔을 바라보다가 피식 웃었다.

그깟 팔 좀 부러지면 어떠냐!

전설의 몬스터를 얻은 마당에!

알데브란을 물리치고 무사히 살아남은 마당에!

아진은 아공간에서 힐링 포션을 꺼내 마신 뒤, 또 하나를 타조에게 먹였다.

정신을 차린 타조는 다른 펫들을 광범위 회복 마법으로 치료해 주었다.

쓰러져 있던 테이머들도 아진의 도움을 받아 힐링 포션을 복용하고 무사히 일어섰다.

다들 거동이 불가할 만큼 강력한 일격을 먹은 상태였지만, 그것은 충격에 의한 일시적 현상이었다.

어디가 부러지고 터지고 깨진 게 아니었다.

해서 정신은 멀쩡했고, 지금까지의 과정을 고스란히 눈에 담을 수 있었다.

설소하가 샤오샤오를 바라보며 혀를 내둘렀다.

"정말 놀랍군, 아진 아우. 대체 이 작은 몬스터가 뭘 어떻게 한 건가?"

"여기도 돌아가면 그 부분에 대해 토론해 보기로 해요."

"응? 아우도 모르는 일이라는 듯 얘기하는군?"

"네. 저도 이런 경우는 처음 봐서 형만큼 놀라고 있는 중이에요."

"그것참."

설소하가 턱을 쓰다듬으며 감탄을 하고 있자니 강철수를 제외한 다른 비욘더들도 샤오샤오의 곁으로 하나둘 모여들었다.

"하하하하! 너 진짜 볼수록 물건이잖아! 진짜 제대로, 진심으로 나랑 한번 떠볼래? 어? 완전 재미있겠지?"

"하, 한 번만 안아봐도 될까요?"

한규설과 이환이 동시에 떠들어댔다.

그러자 샤오샤오의 얼굴이 붉게 물들었다.

이를 본 아진이 경고했다.

"걔는 부끄러워지면 때려요. 다치기 싫으면 다들 물러나세요."

그 말에 이환은 아쉬워하며 뒷걸음질 쳤다.

예의를 중시하는 설소하도 매너 있게 물러났다.

하지만 한규설은 달랐다.

"그래? 그럼 더 부끄럽게 만들⋯⋯!"

"샤아아!"

퍽!

"억?!"

샤오샤오 무서운 줄 모르고 까불었던 한규설이 별안간 뭐에 맞는지도 모른 채 뒤로 날아가 자빠졌다.

털썩!

"어⋯? 하하하! 뭐야? 윽, 배 아파. 주먹으로 배를 때린 거야? 재미있네?"

아무리 그의 포스가 고갈되어 능력을 사용하지 못한다지만, 이런 식으로 허무하게 복부를 내어줄 줄은 몰랐다.

한규설이 벌떡 일어나 샤오샤오를 보며 빙긋 웃으며 배를 문질렀다.

그러는 사이 강철수는 조동혁의 시체가 입고 있는 옷을 뒤져 지갑을 찾아냈다.

"주머니는 왜 뒤져?"

한규설이 고개를 갸웃거렸다.

"이렇게 엉망으로 짓이겨진 시체를 가지고 돌아갈 순 없고, 뭐라도 가져가서 가족한테 넘겨줘야 할 것 아니냐."

강철수의 말에 좌중의 공기가 무거워졌다.

다들 잠시 동안 조동혁의 죽음을 애도했다.

특히 이환은 가장 침통한 얼굴이 되어 눈을 꼭 감고 두 손을 모아 어딘가로 기도를 했다.

콰앙!

강철수가 주먹으로 바닥을 쳤다.

움푹 파인 땅 속에 엉망이 된 조동혁의 시체를 넣고 다시 흙을 묻었다.

"우리 얼굴 마주친 게 몇 번 안 됐지만 그래도 형 동생 하는 사이였는데 이렇게 되게 돼서 미안하다. 쉬어라."

강철수가 조동혁을 애도했다.

침통한 분위기가 모두의 어깨를 짓누르자 다들 말이 사라졌다.

그때 설소하가 화제를 전환했다.

"일단은 계속 나아가야 할 것 같습니다. 여기에 가만히 있어도 지구로 귀환하지는 못할 테니 말입니다."

'어? 그러고 보니.'

설소하의 말을 듣고 난 아진은 주변을 둘러봤다.

어디에도 본래의 차원으로 돌아가는 문은 열리지 않았다.

그 말인즉 이면의 전장에 있는 몬스터들을 다 잡아 죽이지 못했다는 얘기다.

'아직 얼마나 더 남은 거야?'

이미 비욘더들은 지칠 대로 지쳐 있었다.

펫들도 겉만 멀쩡하지 힘을 전부 소진한 상태였다.

그마나 믿을 거라곤 아직 두 번 정도 남은 타조의 광역 회복 마법 정도였다.

샤오샤오가 다른 몬스터를 강제 진화시키는 것도 어쩌다 한 번이지, 계속해서 가능한 기술이 아니었다.

무엇보다 샤오샤오 본인이 자기가 무슨 짓을 한 건지 인지도 못 하고 있는 상황이었다.

아진은 우선 필요한 건 휴식이라 판단했다.

"일단은 여기서 좀 쉬어 가죠. 다들 체력도 회복할 겸."

"아진 아우의 말에 동의하네."

다른 비욘더들의 의견도 쉬어 가는 쪽으로 모아졌다.

아진은 다들 한데 모여드는 사이 알데브란의 코어를 얻기 위해 녀석의 시체 가까이로 다가갔다.

그런데.

"어?"

온몸의 뼈가 조각나고 내장 기관이 모두 파괴되어 널브러져 있던 알데브란의 시체가 움찔거리며 경련을 일으켰다.

이를 본 아진의 동공이 심하게 떨려왔다.

"이 녀석 설마……."

이윽고 알데브란의 가죽이 제멋대로 뒤틀리고 부풀어 오르더니, 픽! 하고 터져 나갔다.

찢어진 가죽 안에서 뭔지 모를 것이 하늘 높이 솟구쳐 올랐다.

그에 모든 이의 시선이 한곳으로 모아졌다.

하늘로 튀어 올라갔던 그것은 하얀 날개를 펄럭이며 가만히 땅 위에 착지했다.

"저건 또 뭐야?"

한규설이 고개를 갸웃거렸다.

알데브란의 시체에서 튀어나온 그것은 160이 조금 넘는 키에, 물고기의 하반신, 인간 여인의 상반신을 가진 것이 흡사 머메이드를 연상시키는 몬스터였다.

새하얀 피부에 고혹적인 얼굴과 아무것도 걸치지 않아 훤히 드러나는 풍만한 가슴은 남성들의 정신을 홀릴 정도로 아름다웠다.

허리까지 내려오는 에메랄드빛 머리카락은 신비함과 황홀함을 동시에 느끼게 해주었다.

알데브란의 시체에서 튀어나온 그 몬스터를 가만히 바라보던 아진이 어처구니없어하며 웃었다.

"라모라 수."

새로 등장한 몬스터는 라모라 수라 불리는 종족이었다.

주로 바다에 서식하며 배를 덮쳐 사람을 잡아먹거나, 바닷속에 사는 다른 생명체들을 먹으며 살아간다.

그들은 폭풍우를 만들어낼 수 있고, 수컷을 홀리는 파장을 노래에 담아 흘려보낼 수 있다.

아울러 물의 마법을 사용할 줄 안다.

당연한 얘기지만 날개가 달려 있으니 비행도 가능하다.

그리고 간혹가다 바다에 빠진 다른 몬스터의 몸속에 자신의 씨앗을 뿌려 기생하며 자라나게도 한다.

즉, 아진 일행이 해치운 알데브란의 몸속에는 라모라 수의 새끼가 처음부터 기생하며 자라나고 있었던 것이다.

"그럼… 알데브란을 제압할 수 있었던 것도, 이미 몸 안에서 라모라 수가 양분을 빨아먹고 있었기 때문에 가능했던 거란 말이야?"

애초에 라모라 수의 의도치 않은 도움이 없었다면 알데브란을 해치우지 못했을지도 모를 일이었다.

라모라 수는 비욘더들이 알데브란을 잡게 해준 변수가 되어주었다.

그런데 지금, 모두가 지쳐 버린 상황에서 나타나 또 다른 변수를 만들었다.

라모라 수의 몬스터 레벨은 5.

갓 태어난 상태에다 1성이라고 해도 모두 녹초가 되어버린 상황에서 잡을 수 있는 녀석이 아니었다.

그런데 설상가상, 라모라 수의 손에는 알데브란의 코어가 들려 있었다.

라모라 수는 그것을 삼켰고.

꿀꺽—!

"하아아."

2성으로 진화했다.

외적인 변화는 날개가 더 커진 것 말고는 별다를 것이 없었다.

하지만 라모라 수의 전투력은 전의 두 배 이상 강해졌다.

"엿 같네."

아진이 욕을 뱉었다.

이대로 라모라 수와 붙었다가는 전멸이다.

샤오샤오의 기적을 또 한 번 바랄 수는 없었다.

하지만 아진에겐 최후의 수단이 하나 남아 있었다.

"이렇게 된 이상… 마지막 패가 조커인지 똥패인지 뒤집어 보는 수밖에 없잖아."

아진이 아공간에서 스케라 소드를 꺼냈다.

펫들은 그런 아진의 주변으로 몰려와 전투를 대비했다.

"아니, 너희들은 이제 돌아가 있어. 봉인, 블링, 꼬맹이, 흰둥이, 타조, 예티, 샤오샤오, 시크냥."

아진은 모든 펫들을 봉인시켰다.

지금 2성 라모라 수와 전투를 벌였다간 힘을 소진한 펫들은 모두 죽어버릴 수도 있다.

그리고 아진은 마지막 카드를 뒤집기 위해 라모라 수의 모든 신경을 오로지 자신에게만 집중시킬 필요가 있었다.

2성 라모라 수가 강한 녀석이긴 하지만 7성 알데브란에 비하면 어린아이 수준이다.

적어도 일격에 심장이 뚫리거나 머리가 날아갈 위험성은 적었다.

물론 아진이 라모라 수의 공격을 잘 받아낸다는 가정하에 서였지만.

하나 이 부분도 걱정할 필요는 없었다.

아진에겐 동료가 있었다.

비욘더들이 아진의 주변으로 모여섰다.

아진이 그들에게 부탁을 건넸다.

"다들 내가 죽지 않을 정도만 녀석에게서 보호해 줘요."

"그게 무슨 말이야?"

아리송한 말에 강철수가 눈을 흘겼다.

"길게 설명할 시간 없으니까 잘 들어요. 어차피 지금 우리 상태로 저놈이랑 붙어봤자 다 죽어요. 던전 레이더 보세요. 저놈 5레벨이에요."

그 말에는 아무도 반박할 수가 없었다.

비욘들은 누구보다 정확하게 자신의 상태를 파악하고 있었 다.

"비밀 이야기 하나 해줄게요. 내가 사실은 죽기 직전까지 핀치에 몰리면 나도 모르는 힘이 나타나거든요. 헐크가 분노 하면 강해지는 거랑 비슷하다고 생각하면 돼요."

"뭐야, 그게? 네가 몬스터냐?"

"몬스터는 아닌데 아무튼 그렇게 돼요."

아진의 말을 듣고 있던 이환은 무언가 떠오른 듯 놀라 입을 열었다.

"서, 설마, 아진 님! 그걸… 생각하시는 거에요?"

아진은 고개를 끄덕였다.

"맞아요. 그거에요."

"안 돼요! 너무 위험해요! 아진 님은 그 상태에 빠지면 이성이 사라지잖아요!"

그랬다.

아진이 지금 노리는 것은 폭주령이었다.

이환은 아진이 폭주령에 빠졌을 당시의 상황을 똑똑하게 기억하고 있었다.

아진은 상상을 초월할 만큼 강해졌었고, 피아의 구분을 명확히 하지 못했다.

그나마 약간의 의식은 남아 있었던 건지, 아니면 힘이 다했던 건지 이환을 공격하려다 기절했었다.

"그래도 지금은 이 방법밖에 없어."

"그러다 폭주한 아진 님을 막지 못하면요?"

"막을 수 있어요. 어차피 지금 내 상태 엉망이라 오래 못 가요. 그때도 금방 쓰러졌다며?"

"그건 그렇지만……."

아진과 이환, 두 사람을 제외한 나머지 비욘더들은 그들이 대체 무슨 얘기를 하는 건지 이해하기 힘들었다.

그러는 사이 라모나 수는 천천히 일행에게 다가오고 있었다.

"뭔지 모르겠지만 아진 아우에게 확실한 비장의 수가 있단 말인가?"

설소하가 복잡한 상황을 정리하기 위해 물었다.

"네."

그는 어떻게든 아진의 말을 받아들이고 이해하려 했다. 하지만 강철수는 생각이 달랐다.

"웃기고 있네. 저 녀석에게 죽기 직전까지 두들겨 맞으면 헐크처럼 강해진다고? 그 전에 뒈지겠다, 새끼야."

"어차피 이렇게 있다간 다 죽어요. 차라리 모험을 하는 게 낫지."

"모험도 뭐 그럴듯해야 하지. 나막신 신고 사막 걸으라는 말밖에 더 되냐."

의견이 좀체 좁혀지지 않고 있을 때 한규설이 나섰다.

"나는 한번 보고 싶은데? 얼마나 강한지."

강철수가 처음으로 한규설에게 질린다는 표정을 보냈다.

"진심이냐?"

"응. 그러니까 저 새끼한테 죽지 않을 정도로 얻어맞을 수 있게 해줄게!"

한규설의 말이 끝남과 동시에.

콰앙!

라모라 수의 공격이 시작되었다.

　　　　　*　　　　　*　　　　　*

　사실 난 나에 대해 잘 모른다.

　어떻게 해서 사이펀 형식이 아닌 플런더 형식으로 포스를 흡수하는 방법을 알게 되었는지는 기억 저편 까마득히 사라졌다.

　폭주령의 상태에 빠지는 이유는 무언지, 그 상태에 빠지면 내가 어떻게 변하는지도 알 수 없다.

　드문드문 기억의 편린 같은 것만이 꿈속에서 잠깐씩 비추어질 뿐이다.

　하지만 정확한 이미지는 그려지지 않는다.

　지독한 분노와 증오만이 활화산처럼 터질 듯 내 안을 지배하고 있었다는 느낌만이 명확하다.

　이어지는 잔혹한 학살.

　그래… 아마 내가 처음으로 폭주령에 빠진 건 세상에서 가장 믿었던 사람에게 배신당했던 그날 밤이었을 것이다.

　얼마 전까지는 그때의 기억이 전혀 떠오르지 않았다.

　그저 난 아르마의 기습에 기절했고, 호위기사 베르데가 날 구해줬다고만 알고 있었다.

　그러나 간헐적으로 이어지는 꿈속 편린은 그날의 기억을 미세하게나마 내게 되돌려 주었다.

　난 그날, 폭주령에게 잡아먹혔다.

아르마의 몬스터들을 물리치고, 베르데와 함께 저택에서 도망쳐 나왔을 것이다.

그렇지 않고서야 정신을 차렸을 때 날 치료한 베르데가 내 곁에서 죽어 있었을 리 없으니 말이다.

'이성을 잃더라도 피아의 구분이 완벽하게 사라지는 건 아니야.'

그렇기 때문에 이환 역시 무사할 수 있었던 것일 테지.

만약 내가 피아의 구분을 못 하더라도 비욘더들이 어떻게든 날 제압해 줄 거라 믿는다.

최악의 경우 내가 라모라 수를 잡고 비욘더들까지 전부 살육할지도 모른다.

하지만 이렇게 당하고 있어 봤자 어차피 죽는 건 매한가지다.

같은 결과가 나올지도 모른다면 주사위를 굴려보는 게 맞다.

1이 나올지, 6이 나올지는 아무도 모른다.

퍽!

"크윽!"

그래서 시작된 이 작전 때문에 난 지금 정신을 잃기 일보 직전이다.

라모라 수는 신명나게 날 두들겨 팼다.

녀석의 마법과 육탄 공격에 초주검 직전까지 가버린 기분이다.

만약 동료들의 보호가 없었다면 이미 오래전에 저승 문턱을 밟고 있었을 것이다.

그나마 저 새끼가 2성이라 다행이다.

3성이었으면 이런 작전 펼쳐보기도 전에 전멸당했다.

나도 나지만 다른 비욘더들의 몰골 역시 가관이었다.

강철수는 오른쪽 팔과 왼쪽 다리를 골절당했다. 그런데도 무식하게 내 앞에 서서 라모나 수의 공격을 막아냈다.

설소하는 능력을 사용할 수 없으니 쇠부채만 열심히 휘둘러 대다가 크게 한 방 얻어맞고 뒤로 나가떨어져 기절했다.

한규설과 이환은 몸에 크고 작은 상처가 가득했다.

특히 한규설은 머리에 큰 거 한 방을 얻어맞는 바람에 얼굴이 새빨간 피로 범벅이 되었다.

그 와중에도 이 녀석은 미소를 잃지 않았다.

이런 상황 자체를 즐기고 있었다.

지독한 쾌락주의자거나 진짜 미친놈이거나 둘 중 하나인 게 분명하다.

가장 상태가 괜찮은 건 이환이었다.

그녀는 포스가 없어도 가람파에서 쌓아왔던 검법과 무술이 있기에 치명타를 피해가며 라모나 수를 상대했다.

하지만 그것도 얼마나 갈지 모를 일이다.

체력적으로 이환은 너무 많이 지쳐 있었다.

"이 새끼야, 너 변신하는 거 맞아?"

강철수가 거친 숨을 몰아쉬며 물었다.

"맞아요."

"근데 왜 안 해!"

이번에는 버럭 소리친다.

나도 하고 싶어 죽겠는데, 내 마음대로 되는 게 아니거든 이게.

정말 죽음의 위기 직전까지 가야 발동이 되는 듯한데, 그 경계선이 어느 지점인지 도통 알 수가 있어야 말이지.

이제 비욘더들은 더 버티기 힘들어졌다.

라모라 수는 우리를 언제든 잡아먹을 수 있는 먹이처럼 생각하며 가지고 놀고 있었다.

"나는 더 못 기다리겠어."

한규설이 내게 다가와 싱글벙글 웃으며 말했다.

그러고서는.

푹!

"억……!"

"아진 님!"

"뭐야, 이거?"

…이 미친놈이 내 스케라 소드를 빼앗아 복부를 찔렀다.

이거… 말로 표현할 수 없을 만큼 아프다.

뱃가죽이 뚫리면서 화끈하는가 싶더니 지금은 시리도록 차갑다.

입 밖으로 신음이 흘러나오지도 않는다.

가쁜 숨만 바쁘게 입과 코를 들락거린다.

"너, 너 지금……."

고통과 당황스러움에 말을 제대로 할 수가 없었다.

한규설이 잡고 있던 스케라 소드 손잡이를 뒤로 쭉 당겼다. 내 복부를 관통했던 칼날이 다시 빠져나갔다.

그러면서 2차적으로 아찔한 통증이 몰려왔다.

"끄아……."

후두둑거리며 쏟아지는 피를 보며 그대로 허물어졌다.

"뭐하는 짓이야!"

강철수가 한규설의 멱을 쥐고 흔들어댔다.

한규설이 스케라 소드를 바닥에 휙 던지며 능청스레 말했다.

"아니, 위기에 처해야 변신한다길래, 진짜 위기를 만들어준 거지."

당장에라도 쓰러질 듯 위태위태한 내 몸을 이환이 안아주었다.

"아진 님! 정신 차려요!"

이환이 품에서 힐링 포션을 꺼내 내게 먹이려 했다.

그때 갑작스레 불어닥친 폭풍우가 우리를 집어삼켰다.

"크윽!"

"꺅!"

힘을 전부 소진한 비욘더들이 강렬한 바람에 버티지 못하고 이리저리 나부꼈다.

나 역시 마찬가지였다.

머릿속이 어지럽고 시야가 흐릿하다.

점점 의식이 멀어져 간다.

이대로 끝나는 건가?

이번에야말로 정말로 끝인가?

죽음.

그 단어가 이제는 생소하지 않았다.

내 곁에 바짝 다가온 것처럼 친숙하게 느껴졌다.

그때.

두근!

심장이 고동쳤다.

두근! 두근! 두근!

심장의 고동은 점점 더 커지며 내 전신을 떨어 울렸다.

그러다 한순간.

뚝—

내 안의 무언가가 끊어졌다.

그런 느낌을 받음과 동시에 나는 전혀 다른 세상에 와 있었다.

이곳은 조금 전까지 내가 서 있던 전장이 아니었다.

오래된 과거의 기억… 그래, 난 내 기억 속의 한구석을 배회

하는 중이었다.

에스테리앙 대륙에 처음 넘어가 겨우 목숨만 연명하고 살았던 시절을 지나 바르반을 만나 새 삶을 얻은 시점에서 기억이 잠시 멈췄다.

그리고 영상을 빨리 감는 것처럼 몇 달이 훌쩍 지나갔다.

이후 다시 영상이 멈췄다.

내가 있는 곳은 에스페란자 가문의 저택에 딸린 지하실이었다.

아니… 지하실은 지하실인데 이런 곳이 있었나?

빛 한 점 들어오지 않는 꽉 막힌 좁은 공간 안은 희미한 등불에 의지해 사방을 겨우 비추었고, 악취로 가득 차 있었다.

그 좁은 공간 한켠에는 몬스터들을 가둬놓은 우리가 만들어져 있었다.

몬스터들은 전부 쇠사슬에 포박당한 채 움직이지 못하는 상황이었다.

게다가 눈동자가 풀려 있는 것이 정신적인 제약까지 더해진 것 같아 보였다.

또 다른 벽면에는 여러 가지 고문도구들이 가득했다.

바닥과 천장에는 속까지 깊숙이 물들이 지워지지 않는 핏자국으로 엉망이었다.

이곳은 실험실… 아니, 고문실이라고 하는 게 더 가까워 보였다.

그리고 그 실험실의 실험대 위에 누군가 사지를 포박당한 채 묶여 있었다.

아직 어린 티를 벗지 못한 앳된 얼굴의 사내아이.

에스테리앙 대륙에서는 거의 볼 수 없는 검은 머리카락과 검은 눈동자를 가진 특이한 아이.

그 아이는 바로… 나였다.

어린 내 두 눈에는 공포가 가득 담겨 있었다.

터벅. 터벅. 터벅.

발소리가 들렸다. 그것은 점점 더 커지더니 이내 한 사람의 형태가 되어 아이의 옆에 섰다.

바르반이었다.

"착하지, 아르넬로. 이 아비를 믿으렴. 절대, 절대로 네게 해가 되는 일은 하지 않을 것이란다."

말을 하며 내 머리를 쓸어 넘겨준 바르반이 저쪽 벽면에 걸려있는 고문 도구 중 하나를 꺼내 들었다.

그것은 피비린내가 진하게 풍기는 도끼였다.

"아비는 널 진심으로 사랑한단다."

희미한 불빛에 비추어진 바르반의 얼굴엔 일그러진 미소가 가득 차 있었다.

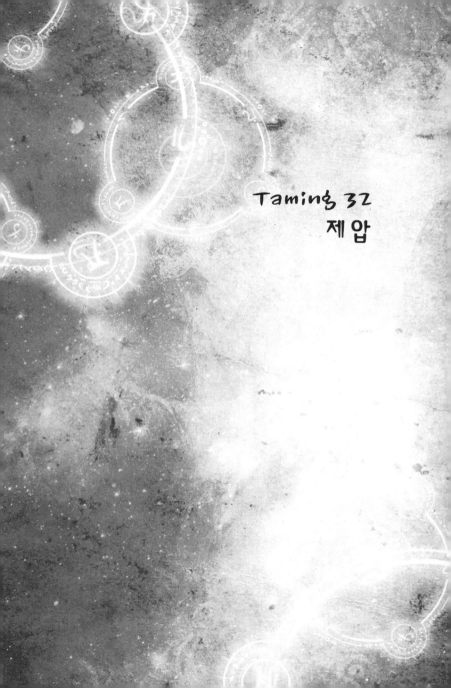

Taming 32
제압

　내 머릿속 한켠에 봉인되어 있던 기억은 계속해서 재생되었
다.

　바르반은 우리에 갇혀 있던 몬스터 한 마리를 꺼내 왔다.

　당시엔 그 몬스터가 뭔지 몰랐으나 나중에 알게 되었다.

　'막투스'라는 녀석으로 커다란 지네처럼 생겼고 입안에 18개
의 촉수를 감추고 있다.

　바르반은 들고 있던 도끼로 막투스의 대가리를 내려쳤다.

　콰직!

　무언가에 홀린 듯 넋이 나가 있던 막투스는 아무런 저항도
못 하고서 도끼질 한 방에 비명횡사했다.

바르반이 막투스의 대가리를 잡아 들더니 품에서 보라색 액체가 담긴 병을 꺼내 열었다. 그리고 그 안에다 막투스의 피를 흘려 넣었다.

보라색 액체는 막투스의 피와 섞이며 은은한 빛을 발했다.

바르반이 고개를 주억거렸다.

"완벽하구나. 이게 무엇인지 알겠니, 아르넬로?"

나는 대답할 수 없었다.

입에 재갈이 물려 있었으니까.

보랏빛 액체를 바라보는 바르반의 얼굴은 광기에 가득 차 있었다. 단 한 번도 그런 모습을 보인 적이 없는 사람이었다. 늘 잔잔한 미소를 머금던 그였다. 인자함으로 사람을 끌어당기던 그였다.

한데 그때의 바르반은 그저 광기에 사로잡힌 사람 같았다.

바르반이 액체가 든 유리병을 내 얼굴 가까이 가져왔다.

"이건 널 우리 가문의 진정한 후계자로 만들어줄 묘약이란다. 여러 몬스터의 피를 섞어 조제한 것이지."

병 속에서 풍겨져 나온 역한 냄새가 정신을 아찔하게 만들었다.

"잘 듣거라, 아르넬로. 아무나 에스페란자 가문의 사람이 될 수는 없단다. 에스페란자 가문의 사람으로 인정받기 위해서는 플런더 방식으로 포스를 갈무리할 수 있어야 하지. 이 묘약은 너의 육신을 플런더 방식에 적합하도록 바꾸어줄 것이란다. 아, 한 가지 사소한 문제가 있긴 한데… 묘약을 복용한 후, 무사히 살아날 수 있다는 전제하에 말이야."

바르반은 내 입에 물린 재갈에 난 구멍으로 액체를 조금씩 부었다. 입안 가득 밀고 들어오는 액체를 나는 거부하지 못하고 꿀꺽꿀꺽 들이켰다.

액체는 지독하게 비리고 혀가 녹아버릴 만큼 썼다.

그리고 목이 타들어가듯 화끈거렸다.

"우-우-욱!"

식도를 타고 넘어갔다가 다시 역류하려는 액체를 억지로 다시 삼키기를 몇 번이고 반복했다.

액체가 몸속으로 흘러 들어올수록 온몸을 망치로 두들기는 것 같은 고통이 느껴졌다.

"으-으-으!"

전신이 바들바들 떨렸다.

고통은 갈수록 심해졌다. 육신의 고통이 심해지면 사람은 정신을 잃는다. 너무 아찔한 고통에 미쳐 버리지 않기 위해 스스로 전원을 내려 버리는 것이다.

하지만 그때의 난 기절할 수도 없었다.

보랏빛 액체가 머릿속까지 파고들어 가 놓아버리려는 정신을 자꾸만 다잡았다.

"내가 널 입양했다는 사실을 아직 공식적으로 발표하지 않은 것은 이런 이유에서였다, 아르넬로. 네 몸의 체질이 바뀌면서 죽을 수도 있으니까. 그리되면 문제가 심각해지지 않겠느냐. 이미 열다섯 명의 고아들이 죽어나갔단다."

나 말고 또 있었다.

오갈 데 없는 아이들을 데려와 양자로 삼고, 육신을 개조하기 위해 묘약을 먹였다.

하지만 모두 죽었다.

단 한 명도 버티지 못하고 황천길을 밟았다.

나 역시도 그 당시에 생사의 기로에 버티고 있는 것이었다.

"너도 죽는 것은 싫을 것이다. 살고 싶을 것이다. 그렇다면 어떻게든 살아남거라, 아르넬로. 살아남아서 에스페란자 가문의 모든 것을 누리거라. 그리고 내 뒤를 이어 가문의 명맥을 잇거라. 고통이 끝나고 무사히 살아남는다면 이 기억은 전부 지워지겠지만, 나이를 먹어감에 따라 잊었던 악몽이 되살아나듯 천천히 떠오를 것이다. 그러다 모든 기억을 되찾게 되면 이 지하실을 찾거라."

말을 하며 바르반은 지하실에 놓인 작은 상자를 가리켰다.

"저 상자 안에 묘약의 제조법이 담겨 있단다. 네가 가진 모든 것을 네 후대에게 그대로 전해주거라."

"으으! 으으으!"

"그래, 절대 그럴 일이 없을 거라 생각하겠지. 나도 처음엔 그랬단다. 내 아버지도, 내 아버지의 아버지도 그랬지. 하지만 인간은 가진 게 많을수록 내려놓는 법을 잊어버리는 동물이란다. 에스페란자 가문에 등 돌리기엔 이미 난 너무 많은 것을 가졌어. 선조들 역시 마찬가지였지. 이 세상은 힘과 권력이 없으면 쉽게 몰락하고 짓밟힌단다. 하지만 에스페란자 가문의 후계자가 되면 이야기가 달라지지."

바르반의 말은 내 귓전에서 머물다가 바람처럼 흩어졌다.

당시엔 그의 말이 제대로 들어오지도 않았다.

차라리 죽는 게 더 낫겠다 싶은 고통 때문에 정신이 온전치 못했다.

한데 그때의 기억을 되찾은 지금에서야 난 바르반의 말들을 확실히 인지하고, 이해하는 중이다.

"아주 잘 견디고 있다, 아들아. 네가 복용한 묘약은 몬스터들의 피와 정수가 담긴 것이다. 게다가 …의 피도 섞여 있지."

뭐지?

이 부분만 바르반의 말이 잘 들리지 않는다.

무언가의 피가 섞여 있다고 하는데 그게 무얼 말하는 건지 모르겠다.

"몬스터들이 성장하는 방식을 아느냐? 녀석들은 동족을 잡아먹고 코어를 흡수해 성장한단다. 몬스터들의 코어에는 포스가 담겨 있지. 즉, 동족의 포스를 밑거름으로 성장하고 진화한다는 얘기다. 몬스터들의 피로 만든 묘약은 네 체질을 그와 똑같이 바꾸어줄 것이다, 아르넬로. 너는 사이펀 방식으로 느리게 성장하는 다른 사람과 달리 에스페란자 가문의 선택된 인간으로서 플런더 방식을 익혀 몬스터의 코어를 흡수함으로써 빠르게 성장하게 될 것이란 말이다!"

이제 알았다.

내가 어떻게 에스페란자 가문의 비전인 플런더 방식을 익히게 되었는지. 몬스터의 코어를 흡수해 성장할 수 있었는지.

바르반은 나를, 내 몸을 몬스터들과 비슷한 체질로 바꿔 버린 것이다.

동족을 잡아먹고 성장하는 몬스터들처럼, 나도 몬스터들의 코어를 먹고 성장한다.

물론 살아남았을 때의 이야기였고, 나는.

"끄으으……."

끝나지 않을 것 같은 고통의 시간을 이겨낸 뒤 기어코 살아남았다.

내 얼굴은 눈물과 콧물, 토사물로 엉망이 되어 있었다.

바르반은 그런 날 품에 꼭 끌어안았다.

"견뎌내 주었구나, 아르넬로. 견뎌내 주었어! 이제 됐다. 이제 네가 진정한 내 아들이다. 하지만 네가 조심해야 할 것이 있단다. 나중에 다시 얘기해 주겠지만 폭주령에게 잡아먹히지 말거라. 네 목숨이 경각에 달했을 때, 몬스터들의 피가 날뛰며 그 안에 담긴 혼이 폭주할 것이다. 그리되면 넌 네 한계를 넘어서는 힘을 발휘하게 될 것이고 피아의 구분이 모호해지지. 거기까지는 괜찮단다. 다만, 평생을 폭주령에 지배된 상태로 살아가야 하는 경우가 생길 수도 있다. 혹은… 이건 아주 가능성이 희박한 얘기지만, 네 의지가 폭주령의 광기를 내리눌렀을 때."

바르반이 내 입에 물린 재갈을 풀어주고 동화책을 읽어주듯 달콤한 목소리로 귀에다 속삭였다.

"폭주령은 제압당할 것이고, 온전히 네 것이 될 거다. 제대로 된 이성을 가진 상태에서 폭주령을 다루게 된다면 넌 진정 무서운 존재가 될 거다."

그것으로 끝.

봉인된 기억 속을 부유하던 내 정신은 다시 현실로 돌아왔다.

*   *   *

휘이이이이이이이—!

여전히 라모라 수의 폭풍우는 몰아쳤고, 난 그 안에서 종이 인형마냥 흩날렸다.

두근! 두근! 두근!

심장이 미칠 듯 뛰었다.

내 이성은 폭주령의 광기와 격렬하게 부딪히며 싸웠다.

여기서 광기에 지면 폭주령이 날 지배하게 된다. 하지만 이성으로 광기를 누르면, 폭주령의 힘은 온전히 내 것이 된다.

난 이를 악물고 광기에 맞섰다.

가슴속 고동은 계속해서 커져만 갔다.

이러다 심장이 터져 버리는 건 아닌지 걱정이 될 정도였다.

그러던 어느 순간.

두근! 두근. 두근…….

심박수가 안정을 되찾아갔다.

그리고 이성이 폭주령의 광기를 짓눌렀다.

"후-우-우."

숨을 고르며 감고 있던 눈을 떴다.

빙글빙글 제멋대로 돌아가는 세상이 어지러웠다.

조금 전까지만 해도 죽어가던 내 몸에서는 거대한 힘이 흘러넘치고 있었다.

"이것이… 폭주령."

세포 하나하나에서 광활한 에너지가 느껴지는 것 같았다.

지금 이 몸이 내 것이라는 걸 믿기 힘들었다.

더 이상 폭풍우에 농락당하기 싫었다.

그렇게 생각하는 순간 내 몸은 무거운 추가 된 것마냥 바닥으로 뚝 떨어졌다.

쾅!

두 발을 땅에 디디며 다시 생각했다.

정신없는 폭풍우를 멈추고 싶다고.

주먹을 쥐어 사방으로 빠르게 뻗었다.

허공으로 내지른 정권에 맞아 터져 나간 대기의 파동이 파문처럼 거대해지며 폭풍우를 뒤흔들었다.

슈르르르르르—

영원히 멈추지 않을 것 같던 폭풍우는 거짓말처럼 그쳤다.

정신을 반쯤 잃은 비욘더들이 날개 잃은 새들처럼 후두둑 떨어져 내렸다.

저들을 받아야 한다고 생각했을 때 내 몸은 또다시 의지대로 움직였다.

깃털처럼 빠르게 이동해 비욘더 넷을 전부 받아냈다.

그들을 한켠에 나란히 눕힐 때쯤, 라모라 수가 갑자기 다가와 두 손을 전광석화처럼 날렸다.

난 라모라 수보다 늦게 몸을 움직였다. 하지만 녀석의 공격은 전부 막혔고.

퍼억!

복부에서 살이 터지는 타격음과 함께 뒤로 날아갔다.

"휴르르르."

라모라 수가 처음으로 신음을 흘렸다.

방금의 일격으로 난 확실히 느꼈다.

지금의 내겐 라모라 수 정도는 절대 적수가 되지 못한다.

그것을 라모라 수 역시도 느꼈다.

그래서 녀석은 내게 다시 덤벼들지 못했다.

"휴르르르~"

계속 기괴한 울음을 흘리며 눈치만 볼 뿐이었다.

"아무래도 이 전장에서 네가 마지막 보스몹인 거 같은데. 빨리 잡고 귀환해야겠다."

말을 하며 오른발로 땅을 박찼다.

쾅!

바닥이 파여 나가는 걸 느꼈을 때, 내 몸은 이미 라모라 수의 코앞에 다다라 있었다.

무서운 스피드였다.

내가 날 제어할 수 없었다.

콰앙!

"휴르르르!"

라모라 수의 얼굴에 주먹을 박아 넣었다.

녀석이 방어할 생각도 못 한 채 제대로 얻어맞고서는 바닥에 드러누웠다.

난 놈의 복부를 짓밟고, 걷어찼다.

퍽퍽퍽! 콰직! 빡!

"휴르르르르……"

한 방 한 방의 위력이 어마어마했다.

아마 수십 톤짜리 쇳덩이에 얻어맞는 느낌일 것이다.

라모라 수는 허무할 만큼 아무런 저항도 못 했다.

이건 인간과 몬스터의 싸움이 아니었다.

어른과 어린이의 싸움이었다.

한참 동안 라모라 수를 두들겨 패다가 모가지를 분지르려던 순간.

　"흠."

　생각이 바뀌었다.

　"테이밍해야겠다, 너."

　5레벨 2성 몬스터를 이렇게 죽여 버리는 건 아까운 일이니까.

　이미 라모라 수는 내게 완전히 겁을 집어먹고 전의를 상실한 상황이었다.

　난 그런 라모라 수에게 남은 포스를 전부 긁어모아 지배의 술을 전개했다.

　술법을 사용할 수 있는 유효 시간은 1분 정도.

　그 안에 라모라 수를 길들이지 못하면 말짱 도루묵이다.

　그러나 라모라 수는 지금의 날 거부할 수 없다.

　예상대로 녀석은 지배의 술이 닿자마자 바로 내게 굴복했다.

　우리 둘의 정신이 하나로 엮였다.

　라모라 수를 테이밍한 것이다.

　바로 그 순간.

　"으헛!"

　다리에 힘이 풀리며 온몸이 천근만근 무거워졌다.

　폭주령의 상태가 끝났다.

육신의 한계 이상으로 힘을 끌어 올린 덕에 전신에서 과부하가 일었다.

모든 근육이 비명을 지르며 끊어지고 뒤틀렸다.

뚜둑! 투두둑!

"으억."

난 얼른 힐링 포션을 꺼내 복용했다.

하나로는 택도 없었다.

두 개, 세 개, 네 개를 복용하고 나서야 겨우 망가진 몸이 회복되었다.

"흐아아, 죽을 뻔했네."

앞으로 힐링 포션은 무조건 많이 들고 다녀야겠다.

언제 또 폭주령이 시작될지 모르니까.

"후우, 라모라 수."

"휴르르르."

내 부름에 라모라 수는 여전히 널브러진 채로 겨우 대답만 했다.

"거의 죽어가네. 어쩔 수 없지. 너도 먹어라."

난 회복 포션 두 개를 더 까서 라모라 수의 입에 흘려 넣어주었다.

라모라 수는 그제야 몸을 가누고 천천히 일어섰다.

"너도 이제 내 펫이다. 그러니까 새로운 이름을 지어줘야 하는데……."

이 녀석의 이름을 무엇으로 할까 생각하고 있는데.

"어? 여러분, 저기… 뭐가 열렸어요."

이환의 음성이 들려와 반사적으로 고개를 돌렸다.

"저것은… 차원의 문이 아닌가?"

설소하가 반색했다.

그의 말대로 차원의 문이 나타나 있었다.

이면의 전장에 있는 모든 몬스터들을 처리한 것이다.

"시팔, 이제야 돌아가겠네."

강철수가 씩 웃으며 담배 한 개비를 입에 물었다.

Taming 33
샤오샤오는 아무것도
하지 않았다

　　다섯 명의 비욘더와 라모라 수는 다시 열린 차원의 문을 통해 밖으로 나왔다.

　　죽어버린 조동혁을 제외한 나머지 사람들이 모두 몸을 빼내자마자 문은 바로 닫혔다.

　　문 주변에 포진하고 있던 비욘더들과 만약의 사태에 대비해 한시도 긴장을 늦추지 않고 있던 군인들이 놀라서 눈만 꿈뻑거렸다.

　　입에 문 담배 한 개비를 한 호흡에 빨아 반 가까이 태운 강철수가 짙은 연기와 함께 담배를 뱉어내며 말했다.

　　"퉤. 귀신이라도 봤어? 표정들이 왜 그래."

6인의 비욘더가 이면전장으로 들어선 지 7시간이 흘렀다.

그동안 연락을 받은 전국의 비욘더들 수십이 더 이곳에 도착했다.

상황이 어찌 돌아가는 건지 알 방도가 없으니 군 병력은 더 추가 배치되었다.

만약의 사태에 대비해 만반의 준비를 갖추고서 시간을 죽이던 와중 다시 차원의 문이 열렸고 비로소 떠났던 이들이 귀환했다.

한데 그 수는 여섯이 아닌 다섯이었다.

게다가 몬스터 한 마리까지 딸려 나오니 하나같이 심장이 덜컹거렸다.

그에 이환이 아진의 곁으로 다가가 얼른 상황을 설명했다.

"아, 여러분. 여기 함께 있는 몬스터는 걱정하지 않으셔도 돼요. 이분은 5인의 초신성 중 한 명인 루아진 님이세요. 미러클 테이머 루아진이라고 하면 다들 아시죠?"

이환의 설명에 라모라 수를 가만히 살피던 비욘더들이 조금 마음을 놓았다.

라모라 수는 누구를 해할 생각이 전혀 없어 보였고, 얌전했기 때문이다.

어찌 되었든 비욘더들 대다수가 복귀했고, 다른 차원에 있던 흉악한 몬스터가 튀어나오지 않은 게 다행이라면 다행이었지만 사람들은 좋아할 수도, 슬퍼할 수도 없었다. 한데 무리 중 한 명은 꼭 눈치 없는 이가 존재하게 마련이다.

"철수 형님! 무사히 돌아오셨네요."

미소 지으며 다가와 강철수를 반기는 이는 세 시간 전에 합류한 인물로 3클래스 비욘더 박현진이었다.

올해 32살인 그는 매지컬 비욘더로 화염 마법에 능했다.

강철수는 마냥 해맑은 박현진을 보며 눈살을 찌푸렸다.

"네 눈엔 이게 무사해 보이냐?"

"네? 별 탈 없이 돌아오셨으니 된 거 아니에요?"

강철수가 주먹을 불끈 쥐었다. 그것을 그대로 박현진의 얼굴에 처넣을까 생각하다 한숨을 내쉬는 걸로 대신했다.

"눈치가 없으면 나대지라도 말든가. 그리고 너 내가 동생 삼은 적 없다고 했지? 같이 던전 두어 번 돌았다고 다 형, 동생 하는 건 줄 알어? 너 같은 새끼는 내가 제일 싫어하는 타입이다. 한 번만 더 형이라고 부르면 옥수수 다 털어버린다."

그때까지도 박현진은 자기가 무슨 잘못을 했는지 몰라 어리둥절했다.

강철수는 품에서 지갑을 꺼내 설소하에게 던졌다.

설소하가 그것을 받아보니 굳은 피가 덕지덕지 묻어 있었다. 조동혁의 것이었다.

"그것 좀 부탁한다, 소하야."

"알겠습니다, 철수 형님. 한데, 형님께서는 함께 길드로 가지 않으실 생각이시온지?"

강철수는 대답 대신 아진에게 또 다른 부탁을 건넸다.

"아진아, 내 전리품은 대신 계산해서 수수료 떼 가고 나머지는 길드 마스터한테 맡겨주라. 나중에 받으러 갈 테니까."

"같이 가시죠, 그냥."

"동생이 죽었다. 그냥 동생도 아니고 내가 나름 아끼던 동생이 죽었다. 그런데 길드에 가서 보고 올리고 전리품값이나 챙겨 나오고 싶겠냐?"

강철수는 거기까지 얘기하고서는 미련 없이 걸음을 옮겼다.

이미 자정이 넘은 시간, 어두컴컴한 드름산 정상엔 도로의 진입이 차단되어 오가는 사람이 없었고 군인과 비욘더만 모여 있었다.

강철수는 따로 이동 수단을 가지고 온 것도 아닌지라 혼자서는 드름산을 걸어 내려가야 할 판이었다.

그에 차를 끌고 온 남지혁이 나섰다.

"아진아, 내가 철수 형님 모셔다드릴 테니까 뒷일 좀 부탁한다."

"그럴게요."

그나마 친분이 있는 남지혁이 나서자 아진도 별말 없이 이를 받아들였다.

"상황이 종료된 겁니까?"

아진 일행에게 다가온 서 중위가 물었다.

그 자리에 모인 비욘더들은 서 중위와 다들 안면이 있는 사이였다.

하지만 아무도 대답을 할 수 없었다.

상황이 확실히 종료된 게 맞는지 확신할 수가 없었다.

던전이 아닌 이면세계의 필드가 전개된 경우는 처음이었기 때문이다.

그래서 이환이 던전 레이더를 통해 비욘더 길드에 통신을 보냈다.

"마스터 차, 들리시나요?"

─도진결입니다, 레이디.

던전 레이더에서 들려온 건 차서린이 아닌 도진결의 장난기 어린 음성이었다. 자정이 넘었으니 영업 교대를 한 것이다.

"아, 마스터 도."

─마스터 도는 어감이 좀 그러니까 진결 오빠 내지는 진결 씨 내지는 자기야, 셋 중 하나로 부르라니까요?

"…진결 님."

─역시 농담은 먹히지 않는 스타일이네요.

"상황 종료된 건가요?"

─안 그래도 연락드리려던 참이었다는 거~ 스캔 결과 더 이상 감지되는 이상 에너지는 없어요. 하지만 혹시 모르니 한 시간만 더 대기했다가 돌아와 주시겠어요?

"네, 그렇게 할게요."

─아, 그리고 이환 님. 중요한 안건이 하나 더 있는데.

"중요한 안건이요?"

—제가 이환 님께 술 한잔하자고 한 지 두 달이 넘었으나 아직 확답을 주지 않아서 말입니다.

"마시지 않겠다고 대답했는걸요?"

—그래요. 그 부분이 애매하단 말이죠. 술을 마시지 않겠다고만 했지, 술자리를 갖기 싫다고 한 건 아니니까요.

이환은 곰곰이 생각하다가 알겠다는 듯 고개를 끄덕였다.

"아, 술자리도 갖기 싫어요."

자신의 실수를 정확히 인지한 이환이 아무 감정 없이 해맑게 대답했고.

—…이건 대미지가 너무 쎈데. 하, 하하.

상처받은 도진결은 통신을 끊었다.

"들었죠? 한 시간 뒤에 상황 해제랍니다."

김주혁이 서 중위에게 이환 대신 말했다.

서 중위가 이를 군인들에게 돌아가 전해주었다.

그러는 사이 아진은 아직 봉인시키지 못한 라모라 수의 이름을 두고 고민에 빠졌다.

그러다 문득 에스테리앙에서 사람들이 붙여준 라모라 수의 별명이 떠올랐다.

우리나라 말로 하면 사천사.

앞에 사는 죽을 사(死) 자를 쓴다. 뒤에 따라붙는 천사는 말 그대로 천사다.

한마디로 죽음의 천사라는 뜻이다.

왜?

라모라 수의 외관을 보면 아름다운 얼굴과 몸매에 하얀 피부하며, 등에서 자라난 커다란 날개까지 딱 천사라고 부르기에 알맞다.

그러나 라모라 수는 흉폭한 몬스터다.

그 아름다운 외모에 넋을 놓는 순간 잘린 머리가 바닥을 구르게 된다.

때문에 사람들은 라모라 수를 죽음을 안겨주는 천사, 사천사라 불렀다.

"좋아. 네 이름은 사천사다! 몬스터들을 죽음으로 인도하는 천사가 되는 거야. 알았지?"

"휴르르르."

사천사가 고개를 주억거렸다.

"봉인, 사천사."

아진은 사천사를 아공간에 봉인시켰다.

이제 그가 여기서 해야 할 일은 하나밖에 없었다.

한 시간 동안 기다리는 것.

다른 비욘더들 역시 입장은 같았다.

한데 다들 딱히 하는 일도 없이 마냥 시간을 보내기가 지루한 눈치였다.

특히나 전장에서 돌아온 이들은 힘을 소진할 대로 소진해서 몇 배로 힘이 든 상황이었다.

"하암."

이환이 남들에게 들키지 않도록 작게 하품을 했다.

한규설은 바닥에 벌렁 드러누워 눈을 감았다.

워낙 틀이 없고 자유로운 성격이다 보니 엉덩이 까는 곳이 안방이었다.

"누가 시간 되면 깨워줘."

아무에게나 대충 부탁을 던져놓은 한규설이 속도 편하게 코를 골기 시작했다.

설소하는 바닥에 앉아 팔다리를 주물렀다.

사지가 저릿저릿했다.

"근래 들어 이렇게 무리한 적이 없는 것 같군."

힐링 포션으로 상처를 치료했어도 바닥까지 싹싹 긁어 소진한 기력은 돌아오지 않았다. 충분한 휴식으로만 재충전이 가능했다.

한편 그런 설소하를 지켜보던 다른 비욘더들은 이면세계 너머의 세상이 어땠는지, 어떤 일을 겪었는지 물어보고 싶은 게 가득한 얼굴이었다.

그러나 눈에 보이도록 힘들어하는 이들에게 그런 걸 물을 수는 없었다. 해서 꾹 참는 중이었다.

상황이 이렇다 보니 서로 간에 오가는 말도 없고 지루한 시간만 흘려보낼 판이었다.

하지만 아진의 경우는 얘기가 달랐다.

그에게는 소소하게나마 할 일이 있었다.

"소환, 블링."

"뀨웃!"

아진은 블링이를 소환했다.

그리고 어디 다친 곳이 없는지 자세히 확인했다.

펫들을 한 번에 전부 소환해서 보면 편하겠지만, 남아 있는 포스가 쥐똥만큼밖에 없어서 불가능했다.

조금씩 차오르는 포스로 한 마리씩 개별 소환을 해야만 했다.

다행히 블링이는 아무 이상이 없었다.

녀석을 돌려보낸 아진은 꼬맹이를 소환했다.

"토톳!"

꼬맹이가 소환되자마자 아진의 품에 안겼다.

아진은 그런 꼬맹이의 머리를 쓰다듬어 주고서는 몸 구석구석을 자세히 살폈다.

꼬맹이 역시 크게 다친 곳은 없었다.

여기저기 자잘한 상처들은 있었으나 그대로 둬도 금방 나을 정도였다.

꼬맹이 다음으로는 흰둥이를 소환했다.

그쯤 되자 모든 비욘더들의 시선이 아진에게 집중되기 시작했다.

현재 이 자리에 모인 테이머의 수는 총 쉰이 넘었다.

한 번도 벌어지지 않았던 예외적 상황에 1급 비상령이 내려졌다. 이어 전국의 비욘더들에게 콜이 떨어졌다. 지금 이 자리에 모인 비욘더들 중 삼분의 일은 전국 각지에서 모여든 이들이다.

그들은 아진의 테이밍 능력을 한 번도 본 적이 없었다.

그의 능력이 마냥 신기한 게 당연했다.

물론 춘천 소속 비욘더들 중에서도 아진과 처음으로 대면한 이들이 몇 있었다.

이들은 하나같이 눈을 초롱초롱 빛내며 아진과 그가 소환한 몬스터를 관찰하는 중이었다.

"흰둥이도 이만하면 괜찮네."

아진이 흰둥이를 봉인하고서 타조를 소환했다.

본격적으로 거대한 녀석이 나타나자 다른 비욘더들도 전부 아진에게 시선을 돌렸다.

"몬스터 테이밍이라… 저 능력은 볼 때마다 신기하단 말이지."

김주혁이 턱을 문지르며 중얼거렸다.

타조 다음으로 소환된 건 예티였다.

예티 역시도 크게 다친 곳은 없었다.

남은 건 샤오샤오와 시크냥, 사천사뿐이었다.

한데 사천사의 상태는 이미 확인했다.

해서 샤오샤오와 시크냥의 상태만 확인하면 끝이다. 아진
은 시크냥부터 소환했다.

"냐우~"

시크냥은 소환되자마자 아진의 머리를 밟고 올라섰다.

"…안 내려와?"

"냐아."

아진이 뭐라고 하거나 말거나 시크냥은 앞발만 핥아댔다.

"와아, 쟤 뭐야?"

"몬스터야? 처음 보는데, 제법 예쁘다."

"그러게. 고양이 닮았네?"

시크냥의 아름다운 자태를 본 비욘더들의 얼굴에 미소가
생겨났다.

그들은 지루한 시간을 조금은 달래줄 거리가 생겨 잘됐다
는 얼굴을 하고 있었다.

이왕이면 아진이 더 많은 몬스터들을 한 마리 한 마리 소환
해 주길 바랐다.

하지만 시크냥을 아공간으로 돌려보낸 뒤, 이제 아진이 소
환할 수 있는 펫은 샤오샤오밖에 남지 않은 상황이었다.

"소환, 샤오샤오."

아진이 샤오샤오를 소환했다.

아공간에서 새로 영입된 사천사를 피해 도망 다니다가 환
한 빛 무리와 함께 현실로 소환된 샤오샤오는 안도의 한숨을

쉬었다.

"샤아아아."

하지만 그것도 잠시.

"헉!"

"쟤, 쟤 뭐야?"

"저런 몬스터도 있었어?"

"완전 귀여워어어어어!"

"아진 님이라고 하셨죠? 쟤는 무슨 종이에요?"

"꺄악! 볼 빨간 거 봐!"

"내가 여자 이외의 생명체에게 심쿵한 건 태어나서 이번이 처음이다."

샤오샤오를 본 비욘더들이 갑자기 우르르 몰려들었고 샤오샤오는 화들짝 놀라 아진의 품에 폴짝 안겨들었다.

"샤, 샤아아."

"괜찮아. 너 귀엽다고 그러는 거야. 어디 보자~"

아진이 샤오샤오의 몸 구석구석을 살펴보았다.

다행히 녀석도 크게 다친 곳은 없었다.

한데 문제는.

"얘 이름이 샤오샤오예요?"

"얘도 다시 봉인시킬 겁니까?"

"그러지 말아요! 샤오샤오한테 그러면 안 돼요!"

"하, 한 번만 만져봅시다!"

"어? 아니요, 저기 허락 없이 얘 만지려 했다간……"

"샤아아아!"

뼈억!

"크아악!"

"…맞습니다. 얘가 지금 힘을 다 써버려서 살아남은 줄 아세요."

"쿨럭! 쿨럭! 크하, 크하하하하! 거 녀석 장군감일세! 이 정도 주먹질은 얼마든지 받아줄 수 있지! 하하하하!"

"당신 앞니 빠졌는데요……"

"어? 아하하하! 원래 빼려고 했던 건데, 뭘!"

"나, 나도 한번 맞아볼래! 아니, 만지고 맞아볼래!"

"저도 만져보면 안 될까요?"

샤오샤오의 귀여움에 혼이 빠져 버린 비욘더들이 신을 맞이한 광신도처럼 달려들기 시작했다.

놀란 샤오샤오는 아진의 품에 안겨 팔다리를 마구 흔들며 바둥거렸다.

"샤아아아아!(쟤들 누구야아아아!)"

아진은 샤오샤오를 아공간으로 돌려보내려 했다.

하지만 그 순간 사방에서 쏟아지는 살기를 느끼고 행동을 멈췄다.

'죽는다. 샤오샤오를 봉인했다간 내가 죽어.'

비욘더들은 전부 샤오샤오를 보느라 시간 가는 줄 몰랐다.

일분일초가 길게만 느껴졌었는데 지금은 한 시간이 짧았다.

샤오샤오에게 달려들었던 이들 중 열다섯 명이 얻어맞았고, 세 명이 기절했다.

그럼에도 샤오샤오를 욕하는 이들이 없었다.

그저 하트가 된 시선만 보낼 뿐이었다.

물론 그 사이에서 샤오샤오는 부끄러워 죽으려 했지만 말이다.

샤오샤오 덕분에 한 시간은 금방 흘러갔고, 상황은 종료되었다.

하지만 정작 샤오샤오는 아무것도 하지 않았다.

그저 아진이 소환했고 그래서 나타났다.

그게 다였다.

샤오샤오가 눈물 그렁그렁 맺힌 얼굴로 아진의 머리카락을 잡아 당기며 소리쳤다.

"샤아, 샤아아아! 샤샤샤!(이런 애들 있을 때 부르지 마아아아아!)"

…샤오샤오는 아무것도 하지 않았다.

Taming 34
Phase 2

상황이 종료된 후, 죽어버린 조동혁과 먼저 떠난 강철수를 제외한 우리 네 사람은 길드로 향했다.

그런데 길드에는 도진결만 있는 게 아니라 차서린도 함께였다.

갑작스러운 이상 현상에 도저히 잠이 오지 않아 짜증 나 죽겠는데도 불구하고 도로 출근했다는 그녀였다.

서릿발을 마구 휘날리는 차서린의 앞에 서서 차분하게 모든 상황을 보고한 이는 이환이었다.

이면세계의 전장에 대한 이야기를 듣고 난 차서린이 이환에게 되물었다.

"던전이 아니라 필드였다?"

"네."

탁탁탁. 탁탁탁탁.

차서린은 중요한 부분들을 컴퓨터에 메모했다.

"여태껏 겪어왔던 새로운 패턴 중 가장 신선하네요."

"소인도 무척 놀랐습니다. 대체 이런 현상이 왜 벌어지는 것인지 알 수 없어 답답하기만 하외다."

설소하가 한탄하자 차서린이 씩 웃었다.

"디멘션 임팩트는 이유가 있어서 벌어졌나요. 이미 그때부터 모든 상황이 답답하게만 흘러가고 있는 거죠."

그건 그렇다.

지구에 디멘션 임팩트가 일어난 이후 평화는 깨져 버렸다.

갑자기 열려 버리는 던전과 그 안에서 튀어나오는 몬스터들을 상대하며 어떻게든 인류는 멸종의 위기를 넘어왔다.

그러나 아직까지도 그 모든 일이 벌어진 원인에 대해서는 감도 잡지 못하고 있다.

얼마 전까지는 나 역시 다를 게 없었다. 비슷한 입장이었다.

남들과 별다를 게 없이 흐르던 사고가 궤도를 달리한 건, 진흙 몬스터를 만난 이후부터였다.

진흙 몬스터는 분명 키메라였다.

키메라는 여러 몬스터의 유전인자를 융합해 만들어내는 생명체를 뜻한다.

아울러 이 키메라는 에스테리앙 대륙의 절대악으로 지칭되는 집단, 페라모사에서 만들어낸다.

그때부터 난 디멘션 임팩트와 페라모사와의 관계를 의심했다.

한데 결정적 확신을 안겨준 계기는 우리 앞에 전개된 필드 마법이었다.

에스테리앙 대륙에서 최초로 필드 마법을 만들어낸 이는 자이렉스다.

그는 페라모사의 수장이다.

즉, 디멘션 임팩트의 배후에는 페라모사가 있는 것이다.

하지만 아직까지도 시원하게 풀리지 않는 의문이 하나 있다.

'대체 뭣 때문에?'

무엇을 노리고 이런 일을 벌이는 건지 그게 애매하다.

의문은 또 하나 있다.

'분명 이 녀석들을 완전히 조져놓았다고 생각했는데.'

과거, 에스테리앙 대륙에서 살아가던 시절, 그러니까 정확히 얘기하자면 아르마에게 배신당해 떠돌이 생활을 한 지도 4년이 다 됐을 무렵이었다.

당시 대륙 최강의 테이머이자 테이머 마스터의 칭호를 갖고 있던 로젠타 아가레스의 대결 신청으로 그를 이겨 버린 난, 테이머 마스터의 칭호를 반강제적으로 넘겨받게 되었다.

그리고 아르마를 잡기 위해 밤을 낮 삼아 달려가던 중 이페라모사라는 집단과 조우했다.

그 집단의 똘마니들이 먼저 시비를 걸었고, 난 이 녀석들을 작살냈다.

하지만 그것으로 끝낼 수는 없었다.

잘 알겠지만 난 받은 만큼 돌려주지 않는다.

무조건 그 이상으로 돌려줘야 성미가 풀린다.

때문에 똘마니들에게 물심양면으로 고문을 가해 본거지를 토해내도록 만들었다.

이후, 페라모사의 본거지를 침략해 완전히 초전박살을 내놓았다.

자이렉스의 얼굴은 한 번도 본 적이 없던 터라, 그 지옥도 속에 드러누운 시체 중 녀석의 몸뚱이가 있었는지 없었는지는 모르겠다.

하지만 페라모사라는 집단 자체를 멸살해 놨으니 자이렉스가 다시 힘을 키우기란 여간 힘든 일이 아니었을 것이다.

아니, 이미 대륙 공적인지라 만들어낸 키메라와 연구 자료, 연구실, 자신을 따르던 무리들을 모두 잃은 상황에서는 힘을 키우기는커녕 한 목숨 보존하려 숨어 지내는 것도 만만찮을 터였다.

그런데 지구에 디멘션 임팩트가 일어났고 키메라가 나타났다.

이면전장도 열렸다.

그것은 곧 페라모사의 힘이 약해지지 않았다는 것이다.

이 사실에서 근거해 볼 때 두 가지 가정을 유추할 수 있다.

내가 지구로 넘어오며 시간의 착오가 생겼거나, 내가 괴멸시켰던 곳이 페라모사의 본거지가 아니라 위장 기지였거나.

'…지금 생각해 보면 후자가 더 가능성이 있는 얘기인 듯하다.'

당시에는 아르마에 대한 생각으로 눈이 뒤집혀 있는 상황이었기에 침착한 사고가 불가능했다.

그저 건드리면 폭발하는 시한폭탄이었을 뿐이다.

'하긴, 아무리 내가 대단했다 하더라도 그 거대한 집단이 너무 쉽게 무너진다는 게 말이 안 되는 거지.'

아무튼 현 상황을 정리해 보자면 이렇다.

디멘션 임팩트부터 지금까지 벌어지는 모든 상황에 페라모사가 연관되어 있는 건 확실하다.

하지만 그들이 무엇을 원하는 건지는 알 수가 없다.

분명한 건, 우리가 지금까지 본 것은 큰 그림의 일부에 불과하다는 것이다.

이게 겨우 이파리만 확인했다.

가지를 확인하고 기둥을 만져보고 뿌리까지 캐내면 얼마나 거대한 것이 딸려 나올지 모를 일이다.

"앞으로 더 바빠지겠네요. 필드의 전개에 대해서도 만반의

준비를 갖추어야 하니… 전국에 포진한 비욘더들과의 협력이
원활하도록 만들 필요가 있겠어요."

타닥. 타닥.

차서린이 쉬지 않고 키보드를 두들기며 말했다.

입으로 하는 얘기들을 전부 보고서로 작성하고 있는 중인
모양이다.

"전리품은 가져오셨나요?"

차서린의 말에 난 아공간을 열어 전리품을 모두 쏟아냈다.

그런데 아공간 속의 전리품이 어마어마하게 쌓여 있다는
걸 미처 생각 못 했다.

그 결과.

우르르르르르르!

"헉!"

"아, 아진 아우! 뭐 하는 겐가!"

길드 안이 몬스터들의 전리품으로 가득 찼고, 사람들은 전
리품 속에 파묻혔다.

그 덕분에 잘 분배해 놓았던 전리품은 뒤죽박죽이 되어 어
느 것이 누구의 몫인지도 알 수 없어졌다.

사태의 심각성을 가장 먼저 파악한 이환이 전리품 속에서
기어 나오며 말했다.

"이러면 굳이 아공간 안에 따로 전리품을 나눠놓았던 게 소
용없어졌네요?"

"아하하하하! 대박! 완전 시트콤이 따로 없어! 이렇게 멍청할 줄은 몰랐는데!"

한규설, 이 초딩 놈을 그냥!

"이 사태를 어떻게 해결할 거죠, 우리 고딩~?"

전리품에 하반신이 완전히 잠겨 버린 차서린이 삐뚤어진 안경을 고쳐 쓰며 서슬 퍼렇게 물었다.

이번에 약점 한번 제대로 잡아버리겠다는 투였다.

하지만 내게도 이 사태를 깔끔하게 정리할 방법이 있었다.

"소환, 블링, 꼬맹이, 흰둥이, 시크냥."

난 일단 덩치가 작은 펫들을 불러냈다.

그리고 전리품을 전부 밖으로 내놓게 했다.

펫들은 빠르게 행동했고, 차서린을 비롯한 다른 이들은 그 광경을 흥미롭게 지켜봤다.

펫들의 노동력을 빌린 덕분에 전리품은 너무도 간단히, 오랜 시간 들이지 않고서 전부 빼낼 수 있었다.

나는 밖으로 나가 다른 펫들을 봉인하고 사천사를 소환했다.

"휴르르르."

사천사는 소환되자마자 내게 백허그를 하는 자세로 달라붙더니 하얀 날개로 내 몸을 감쌌다.

알고 있겠지만 사천사는 기본적으로 인어를 닮은 외형을

가지고 있다. 게다가 상반신은 나이스 바디에 얼굴은 초절정 미인이다. 한 가지 덧붙이자면 나신이다.

그런 사천사가 백허그를 하니 이를 지켜보고 있던 설소하는 헛기침을 하며 고개를 돌렸고, 한규설은 두 눈을 초롱초롱 빛냈다.

"어, 어허험! 그저 몬스터일 뿐인데, 왜 이다지도 망측한 상념이 드는 건지 모르겠구만!"

"루아진! 한번 해봐! 해봐!"

뭘 해보라는 거야, 이 자식아!

한규설 저 인간의 머릿속엔 뭐가 들어있는 건지 도통 모르겠다.

남자들의 반응이 이런 반면, 여자인 차서린과 이환은.

"아하~ 우리 고딩, 그 몬스터는 그런 짓 할 때 써먹으려고 테이밍했군요? 그래요. 한창 발기찰, 아니, 활기찰 시기이긴 하죠?"

"…별로네요."

이러했다.

아니, 근데 차서린이 내게 독설 날리는 거야 그렇다 쳐도, 이환은 왜 저렇게 못마땅한 얼굴인거야?

못마땅한 정도가 아니라 뭔가 상당히 화가 나 있는 것 같은데.

사천사를 정말 싫어하는 모양이다.

아무튼 그건 이환의 사정이고 내가 사천사를 소환시킨 데
엔 이유가 있다.

이 녀석의 특징 중 하나는 정확한 기억력이다.

아주 잠깐 스치듯 본 광경들도 사진을 찍은 것처럼 확실하
게 기억한다.

난 전리품을 가리키며 라모라 수에게 명했다.

"아공간에 원래 있던 대로 분류해."

"휴르르르르~"

대답을 한 라모라 수가 작은 태풍을 일으켰다. 그러자 전리
품이 일제히 태풍에 휘말려 높이 올라갔다. 허공에서 여섯 묶
음으로 나누어진 전리품은 그대로 땅에 떨어졌다.

"잘했어. 그럼 이제 문제없죠?"

내가 차서린에게 물었다.

하지만 차서린은 냉정하게 고개를 저었다.

"어느 게 누구 것인지 모르겠는걸요?"

"…어라?"

그러고 보니 전리품을 여섯 묶음으로 나누긴 했는데, 각각
누구의 전리품인지를 알 수 없었다.

일단 월등히 많이 쌓인 것이 내 전리품은 확실한데 나머지
는 분류가 불가능하다.

그때 한규설이 두 번째로 많이 쌓인 전리품을 손가락으로
가리켰다.

"그럼 이게 내 꺼."

설소하가 놀란 눈으로 한규설을 바라보다가 세 번째로 많은 양의 전리품을 부채로 툭 건드렸다.

"이, 이건 내 것 같소."

그 광경에 이환은 한숨을 푹 쉬었다.

"저는 가장 적은 걸 가져갈게요."

이환의 한마디에 설소하의 얼굴이 붉어졌다.

"이런… 내 어쩌자고 물욕을 절제 못 했는가."

"오케이. 다들 정리된 거 같으니 정산 들어가죠. 귀환하지 못한 조동혁의 몫은 그들의 가족에게 전해질 거예요."

차서린이 상황을 마무리했다.

조동혁이란 이름 세 글자가 나오자 모두의 표정이 살짝 어두워졌다.

다들 그와 친분이 있는 건 아니었지만 어찌 되었든 함께 전장으로 향했던 동료의 죽음은 맘 편한 일이 아니었다.

우리들의 감정이야 어떻든 차서린은 해야 할 일을 진행했다.

그녀는 전리품을 세고 빠르게 계산을 마쳐 각각의 통장에 받아야 할 금액을 입금했다.

내 통장에 찍힌 액수는 175,837,000원.

내 전리품과 다른 이들의 전리품을 보관해 준 대가로 받은 인센티브까지 합한 수치였다.

비욘더가 되기 전에는 엄두도 못 냈던 돈을 지금은 하루 만에 벌었다.

정산을 끝낸 비욘더들은 다들 각자의 보금자리로 돌아갔다.

나도 길드를 나서며 이환에게 인사를 건넸다.

"그럼 들어가 봐요."

그러자 이환이 힘이 없는 건지, 기분이 안 좋은 건지 애매한 얼굴로 짧게 대답했다.

"…네."

오늘따라 이상하네, 저 여자.

모르겠다, 나도 집에 들어가서 잠이나 자자.

"소환, 타조!"

"우르르르르!"

멋진 붉은색 날개를 펼치며 나타난 타조에게 올라타 하늘을 날았다.

시원한 밤공기를 가르며 집으로 향하는 와중, 내 머릿속엔 앞으로의 계획들이 마구 떠올랐다.

돈은 걱정 없이 벌리는 마당이니 이제는 집도 사고, 차도 사고 해야지.

그 전에 가장 먼저 내일 아버지 맛있는 것 사 드려야지.

*　　　*　　　*

필드가 열린 곳은 한국뿐만이 아니었다.

비슷한 시기에 전 세계의 여러 곳에서도 필드가 전개되었다.

대부분의 국가는 비욘더들의 활약으로 필드 내부의 몬스터들을 모조리 처리했지만, 일본은 상황이 달랐다.

필드로 들어간 비욘더들이 모두 전멸하며 차원의 문을 뚫고 몬스터들이 세상 밖으로 뛰쳐나왔다.

그에 전국의 비욘더들이 몰려들어 녀석들을 몰살하는 데엔 하루를 넘기지 않았으나, 그 시간 동안 무고한 민간인의 희생이 어마어마했다.

전 세계의 국가는 이 사태를 1급 위험 상황으로 얘기했고, 그에 따른 해결책을 만들기 위해 수뇌부와 내로라하는 석학들이 머리를 싸매고 밤낮없이 달려들었다.

한국 역시 마찬가지였다.

필드가 열린 지 이틀이 지난 상황, 아직 또 다른 필드는 열리지 않았지만 불안한 건, 던전 역시 열리지 않고 있다는 것이다.

계속 그렇게 조용한 나날이 이어졌으면 좋겠으나, 이는 폭풍 전야라는 것을 모두가 알고 있었다.

그에 정부는 현 상황을 나름대로 정리해 앞으로의 일을 유추해 보길, 이제부터는 던전 대신 필드가 열릴 가능성이 높다고 추론했다.

그리고 이를 디멘션 임팩트 이후 또 한 번 인류에 불어닥친 대재앙의 두 번째 위기, 페이즈 투(Phase 2)로 지칭했다.

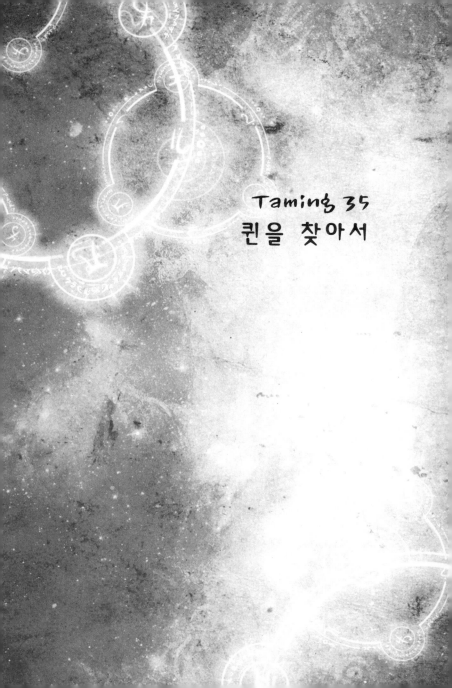

Taming 35
퀸을 찾아서

　결과적으로 얘기하자면 정부의 추측은 틀렸다.

　앞으로 열리지 않을 것이라 여겼던 던전은 오히려 전보다 더 많이, 더 활발하게 열렸다.

　그러는 와중에 필드도 가끔씩 전개되었다.

　필드 역시 차원의 문이 열리는 시간의 간격이 점차 줄어들고 있었다.

　그 덕분에 페이즈 2가 발령된 이후 보름간 비욘더들은 정신없이 바쁜 나날을 보내야 했다.

　아진도 마찬가지였다.

* * *

돈이 팡팡 벌린다.

던전이 무서운 속도로 열리니 콜이 하루에도 몇 번씩 울려 댄다.

열심히 수락 버튼을 눌러대면 못해도 두세 번은 반드시 던전을 돌 수 있었다.

재수 없는 날 콜을 한 건도 못 받고 공치던 예전에 비하면 차고 넘치는 나날이다.

그 덕분에 나도 덕을 많이 봤다.

난 한국에서 최초로 열린 필드에 갔다 오며 포스를 어마어마하게 흡수했고, 5클래스의 고리를 거의 다 채운 터였다.

이후 일주일간 세상은 조용했다.

그러나 정부가 현재의 상황을 페이즈 2로 정의하면서부터 던전이 우후죽순으로 열리기 시작했다.

그날 하루 동안 총 네 번 던전을 돌았고 내 다섯 번째 마나의 고리는 포스로 가득 채워졌다.

5클래스가 된 것이다.

나는 이 사실을 길드에 보고했다.

물론 차서린의 귀에 들어가면 이것저것 따지고 들 게 분명하니 자정을 넘긴 시간 찾아가 도진결에게 말했다.

도진결은 기본적으로 남자에게 관심이 별로 없다.

여자 비온더들이 오면 간이고 쓸개고 다 내어줄 것마냥 행동하지만 남자 비온더가 오면 엄청나게 귀찮다는 표정으로 대충 대한다.

문제는 일까지 대충대충 처리한다는 것이다.

사람이 눈앞에서 보고 있어도 저 모양인데, 아무도 없으면 과연 일을 하기는 하는 걸까 싶다.

내 예상이지만 차서린이 늘 바쁜 데엔 도진결도 분명 한몫했을 것이다.

도진결이 밤새 빈둥거리면서 똥을 싸놓으면 낮에 출근한 차서린이 그 똥을 치우느라 눈코 뜰 새 없어지는 거지.

차서린의 성격이 그 지경이 된 것도 이해는 간다.

나 같아도 함께 일하는 동료가 똥만 싸는 기계라면 늘 신경이 곤두서 있을 것이다.

아니, 옛적에 때려치웠을지도.

대체 도진결이 어떻게 일을 처리하기에 이러느냐고?

잠깐 당시의 대화를 회상해 보자면.

"어서 오… 뭐야, 고딩 남자잖아."

"루아진이라는 이름이 있는데?"

"아 그랬나? 근데 왜 반말을?"

"그쪽도 반말하잖아? 우리가 아는 형 동생이야? 엄연히 일로 엮인 관곈데, 대접받고 싶으면 먼저 말 높이지?"

"에이, 귀찮다. 이렇게 지내자, 그냥. 그래서 왜 왔어? 전리품? 아니면 보고할 게 있나?"

"클래스 업. 5클래스로 적용해 줘."

"오케이. 해놓을게, 가봐."

"포스 센서도 들어보라고 안 하시네?"

"맞겠지."

"거짓말이면 어쩌려고?"

"그럼 네가 벌금 내야지. 허위 신고로."

"그쪽은 업무태만으로 벌금 내고?"

"푸흐흐. 그걸 생각 못 했네. 아니 뭐, 사실 나는 그래. 서로 믿고 사는 아름다운 세상을 만들고 싶어. 좋은 게 좋은 거 아니겠어?"

"됐으니까 변경된 내 클래스나 업데이트시켜."

"나는 너를 믿었다, 남자 고딩."

"아진."

"그러니 너도 나를 믿어라, 아진아. 반드시 퇴근하기 전까지 업데이트시킬게."

"그러지, 뭐. 아, 그런데 내가 여기서 나가자마자 비욘더 길드 본사에서 양복 입고 방문하라는 연락 와도 억울해하지 말고."

"귀신같은 놈. 한다, 해."

결국 도진결은 내 협박에 하품을 10초에 한 번씩 해가며 달

팽이처럼 느릿느릿 일을 처리했다.

덕분에 지금의 난 4레벨 던전의 콜까지 받을 수 있게 되었다.

클래스가 올라갔으니 들어오는 콜의 수도 늘었다.

이후로 보름이 지났다.

그동안 난 던전을 돌며 열심히 전리품을 모으고, 내 포스를 키우는 데 집중했다.

물론 용병들을 고용할 필요는 없었다.

용병들은 비욘더의 뒤를 따라다니며 전리품을 대신 주워주거나 잔심부름을 하는 사람들이다.

내겐 아공간이 있었으므로 전리품을 대신 챙겨줄 사람이 필요 없었다.

던전의 토벌은 늘 수월했다.

필드가 전개된 이후 열린 던전 중에서는 단 한 번도 변종 던전이 나타나지 않았다.

내가 생각하기에 그동안 나타난 변종 던전은 지구에 필드를 전개하기 위한 일종의 실험 같은 걸 하다 생겨난 부작용 따위가 아니었을까 싶다.

변종 던전이 생겨나지 않는 이상 내게 위험한 던전은 있을 수 없었다.

내가 입장할 수 있는 최대 레벨의 던전은 4레벨 던전이고, 그 안에서 맞닥뜨리는 몬스터의 레벨은 4레벨을 넘기지 못했다.

한데 나는 4레벨 몬스터 둘과 5레벨 몬스터 한 마리를 펫으로 부리는 입장이다.

물론 그 밑 레벨 몬스터들도 전부 최고 진화를 마친 상황이다.

내 몬스터 군단을 일시에 소환하면 던전을 뒤집어엎어 토벌하는 건 순식간이었다.

때문에 나와 함께 파티로 지정된 비욘더들은 늘 울상을 지어야 했다.

전리품을 거의 내가 혼자 독식해 버리기 때문이다.

나중에는 나와 파티가 되었다는 걸 알게 되자마자 콜을 취소하는 이들이 부지기수였다.

심지어 미러클 테이머는 단독으로 던전을 돌게 하라는 의견까지 올라왔다고 한다.

뭐 그렇게 해도 상관없다.

오히려 편하다.

하지만 혹시 모를 상황에 대비해야 하는 것이 길드의 입장이다.

누군가 한 명은 나와 함께 파티를 이루어 희생을 해야 했다.

난 보름 동안 열심히 던전을 돌았다.

그러는 사이 심장에 있는 여섯 번째 고리의 포스가 삼분의 일이나 채워졌고, 전리품으로 벌어들인 돈이 통장을 배불렸다.

오늘도 전리품을 환전하고 길드를 나섰다.

스마트폰으로 전송된 문자에는 오늘 전리품을 넘기고 입금된 금액과 통장 잔액이 적혀 있었다.

통장에 저축한 금액은 전부 1,275,880,000원!

거의 13억에 다다르는 돈이 보란 듯 나를 반겼다.

"이제 조금만 더 모아서 끝내주는 집으로 이사 가자."

어차피 춘천 바닥을 벗어날 생각은 없다.

아직 어린 시절엔 아버지를 따라 이 도시, 저 도시로 이사를 자주 다녔었다.

머리가 조금 크고 난 다음에는 어디에 머물러도 상관이 없었다.

한 도시에 오래 머물지 못하니 그곳에 정을 주지 않는 것이 습관처럼 몸에 밴 것이다.

그런데 춘천은 달랐다.

아버지와 이곳에 정착해서 딱 세 달을 지내는 순간 뼈를 묻자는 마음이 들었다.

사실 춘천에 오게 된 건 집값이 서울이나 경기도 쪽보다 훨씬 싸고 이렇다 할 재주가 없던 아버지를 받아준다는 일자리가 있었기 때문이다.

그게 경비 일이었다.

아버지가 경비복을 걸치고 내가 이곳에서 새로운 학교를 다니게 된 것이 초등학교 4학년 무렵이었다.

물론 처음 춘천으로 왔을 당시엔 여기서도 상황이 나빠지면 더 깊숙한 시골구석으로 들어갈 생각을 했었다.

아버지도 나도 마찬가지였다.

우리 집은 오래전부터 너무나 많이 힘들었기 때문에 난 철이 빨리 들었고 일찍부터 조숙했다.

그런데 아버지는 계속 경비 일을 해나갔다.

다달이 월급은 들어왔고 큰돈은 아니었으나 우리 부자가 살기에는 모자라지 않았다.

더 이상 이사 가지 않아도 된다는 사실이 춘천을 더욱 정겹게 만들어주었다.

이후부터 나는 춘천을 내 고향이라고 생각하며 살게 되었다.

해서, 이곳을 떠날 생각은 없다.

한 10억 더 모아서 신축 단독주택을 매입하든가, 새로 짓든가, 그것도 아니면 원룸 건물을 매입해, 우리가 한 방을 쓰고 나머지 방은 세를 주든가 할 참이다.

이 정도 속도로 돈이 벌린다면 늦어도 이번 연도가 가기 전에는 생각했던 대로 일을 도모할 수 있을 터였다.

'하지만 지금은 더 중요한 게 있지.'

바로 몬스터 군단을 만드는 것.

집으로 돌아온 나는 아공간으로 들어갔다.

내가 아공간에 모습을 보이자마자 모든 몬스터가 우르르

달려들어 내게 안겼다.

"뀨!"

"토톳!"

"라라랑~"

"우르르~!"

"듀라라라~"

"샤샷!"

"휴르르르~"

녀석들은 반갑다고 하는 짓이었지만 정작 나는.

"크어억!"

콰당탕!

생매장당하는 걸 간접 체험하는 기분이었다.

"나, 나와 이놈들아!"

내가 버럭 소리치자 펫들이 일제히 물러났다.

"크헥! 켁! 죽는 줄 알았네. 다른 녀석들은 그렇다 치자. 그런데 타조랑 예티!"

"듀라?"

"우르?"

"너희 둘은 제발 니네 덩치에 대해서 자각 좀 해라. 니네가 날 안아줘야지 나한테 안긴다는 게 가당키나 하냐?"

"듀라~"

"우르~"

예티와 타조가 배시시 웃으면서 각각 손와 날개로 뒷머리를 긁적였다.

하여튼 미워할 수가 없다니까.

"냐우~"

모든 펫들이 날 반겨주는 와중에도 시크냥은 내게 안기지 않고 멀리 떨어져 앉아 도도하게 앞발을 핥고 있었다.

"시크냥, 주인을 봤으면 인사해야지?"

시크냥이 고개를 돌려 슬쩍 날 보더니 꼬리를 살랑 흔들고서 다시 앞발을 핥는 데 열중했다.

그래, 내 말에 반응이라도 해주는 게 어디냐.

어디 보자~ 내가 5클래스가 되었으니 아공간의 크기도 한… 300평 정도는 되겠구나.

1클래스 때는 겨우 30평밖에 되지 않아서 답답했는데 이제야 좀 숨이 트인다.

"일단 여기에 전처럼 으리으리한 건물을 지어야 하는데 그전에 할 게 있다."

펫들이 전부 고개를 갸웃거렸다.

"성을 지으려면 일손이 필요할 것 아니냐. 그렇지?"

펫들은 일제히 고개를 끄덕였다.

"그런데 지금 너희들만으로는 택도 없어. 그래, 안 그래?"

또다시 끄덕끄덕.

"그래서 나는 몬스터 군단을 만들려고 하거든. 물론 대장은 너희들이야."

이번에도 *끄덕끄덕.*

"한데 말이다. 대장이라 함은 다른 몬스터들을 지배할 수 있어야 하는 거잖아? 그래서 난 너희들을 퀸으로 진화시킬 거야."

이번에는 처음처럼 고개를 갸웃거렸다가 일제히 눈을 동그랗게 뜨고 입을 헤벌린다.

이 녀석들은 내가 무슨 말을 하는지 대번에 알아챈 것이다.

아, 샤오샤오만 머리 위에 물음표를 달고서 도통 이해 못하겠다는 얼굴로 다른 펫들을 바라봤다.

"샤? 샤샤?"

샤오샤오가 왜 그렇게 좋아하느냐는 듯 물었으나 펫들은 저마다의 즐거운 상상에 빠져 대답을 하지 못했다.

한편 계속 내게서 멀리 떨어져 있던 시크냥은 관심 없는 척 하품을 쩍 해대면서도 은근슬쩍 가까이 다가와 귀를 쫑긋 세웠다.

"내가 보름 동안 던전을 왜 그렇게 열심히 돌았는지 아냐? 물론 돈 벌고 포스 채우고 그런 것도 맞는데 너희와 같은 종족의 퀸을 발견하기 위해서였어."

펫들이 격하게 고개를 *끄덕*였다.

이 녀석들은 전부 내게 테이밍된 상태지만 그 근본은 '몬스터'다.

몬스터들은 처음 태어날 때 스스로의 위치가 정해진다.

퀸은 늘 다른 몬스터들의 머리 위에 군림하고, 퀸이 아닌 몬스터들은 종으로 살아야 한다.

한데 가끔씩 퀸이 아님에도 퀸을 제압할 만큼 강력한 힘을 가진 돌연변이가 나타날 때도 있다.

그러나 힘이 세다고 해서 다른 몬스터들을 지배할 수는 없다.

그것은 퀸의 혈통이 아니면 불가능하다.

이에 격분한 돌연변이는 퀸에게 대항하게 되고 대부분은 돌연변이의 죽음으로 끝을 맺는다.

왜? 퀸은 다른 몬스터들을 지배할 수 있으니까.

일 대 다수의 싸움은 절대적으로 일이 불리하다.

한데 만약 돌연변이가 이긴다면?

비로소 몬스터의 사회 질서에 어긋나는 상황이 벌어지는 것이다.

돌연변이는 죽은 퀸의 시체에서 포스를 꺼내 삼킨다. 그리고 포스의 힘을 성장에 사용하지 않는다. 자신의 세포 하나하나를 퀸과 똑같은 형태로 변화시키는 데 사용한다.

이것이 퀸의 혈족이 아닌 몬스터가 퀸으로 진화할 수 있는 유일한 경우의 수다.

물론 이와 같은 상황은 거의 벌어지지 않는다.

하지만 난 그것을 강제로 만들 생각이다.

내가 지배한 펫들을 전부 퀸으로 진화시킬 것이다.

그렇게 되면 던전에서 맞닥뜨리는 퀸이 아닌 몬스터들은 같은 종족의 퀸을 따르게 된다.

무조건적으로 복종하게 된다.

한마디로 블링이를 퀸으로 만든 뒤 소환시켜 데리고 다니다가 퀸이 없는 링링 무리를 만날 경우, 이 녀석들이 전부 블링이를 따르게 된다는 얘기다.

그럼 블링이는 놈들에게 말하겠지.

'우리 주인님께 지배되거라!'

링링이들은 감히 퀸의 말을 거역하지 못하니 그러겠다고 할 테고, 난 손쉽게 놈들을 테이밍하는 것이다.

그렇다.

내가 바라던 대(大)몬스터 군단이 탄생한다.

그렇게 모은 몬스터들로 뭘 할 거냐고?

더 많은 몬스터들을 수월하게 때려잡고, 빠르게 성장하고, 어쩌다 마주치는 센 녀석들도 쉽게 레이드하고!

무엇보다.

"아공간에 성을 지어야지. 아주 화려하고 예쁘고 멋진 성을!"

그것은 나만의 로망이다.

아니, 내 펫들이 눈을 반짝이며 폴짝폴짝 뛰는 것을 보니 우리 모두의 로망인 듯싶다.

하지만.

"듀라라라라~"

쿠웅! 쾅! 쿠아앙! 콰아아앙! 쿠앙!

…아무리 신나도 넌 제발 뛰지 마라, 예티야.

*　　　　*　　　　*

난 콜이 들어올 때마다 수락 버튼을 열심히 눌렀다.

요즘 들어 던전이 많이 열리다 보니 1레벨부터 4레벨 던전까지 다양하게 콜을 받을 수 있었다.

이번에 수락한 던전은 1레벨 던전이었다.

매칭된 파트너는 정유찬이라는 1클래스 피지컬 비욘더였다.

정유찬은 17살의 비욘더로 내가 처음 만나는 연하의 비욘더였으며 재학 중인 학교는 나와 다른 곳이었다.

나름 귀엽게 생긴 외모에 붉은색으로 머리카락을 염색한 것 하며, 몸에 딱 달라붙는 스키니 스타일로 수선한 교복 하며, 목걸이에 귀걸이에 팔찌에, 유명 브랜드 운동화까지.

스타일이 여자들깨나 따를 법한 아이였다.

한데 이 녀석, 엄청난 수다쟁이다.

"우와~ 진짜 루아진 맞아요? 장난 아니다! 완전 대박. 형 5인의 초신성 중 한 명이잖아요? 이런 유명인을 만나다니."

처음 만나서부터 저렇게 호들갑을 떨어대더니 그 이후로도 계속 내 옆에 찰싹 달라붙어 조잘조잘대느라 정신이 없었다.

근데 초신성이라는 말은 들을 때마다 좀 몸이 배배 꼬인다.

게다가 이제는 초신성이라고 하기에는 무리가 있는 레벨이다.

벌써 5클래스가 되었으니 말이다.

물론 비욘더가 된 기간으로 따지자면 초신성이 맞지만 5클래스나 되는 인간이 달고 다닐 만한 칭호는 아니었다.

던전의 입구로 들어가기 전, 정유찬이 갑자기 스마트폰을 꺼내 들었다.

"형, 잠깐만요."

"왜?"

"우리 같이 인증샷 하나 찍어요. 던전 들어가면 사진 잘 안 나와요. 야광석이 그렇게 막 밝진 않거든요. 뽀샵 안 해도 뽀샵한 것 같은 효과 내기엔 자연광이 최고예요."

"야야, 나 그런 거 안 찍어."

"에이, 빼지 말고 한 번만 같이 찍어요! 제가 형을 또 언제 만나보겠어요?"

정유찬은 우격다짐으로 카메라를 들이댔고 나도 모르게 미소를 지어버렸다.

이왕 찍히는 거 일그러진 얼굴보다는 웃는 얼굴이 낫다는 생각이 순간적으로 든 것이다.

찰칵!

"와우! 짱 잘 나왔다. 형, 이거 봐요. 완전 죽이죠?"

"그래, 죽인다. 이제 던전 들어가자."

"네~ 헤헤."

＊　　　＊　　　＊

이번에 들어간 1레벨 던전에서 우리 앞에 나타난 건 링링이었다.

난 파이어 볼 한 방으로 녀석을 간단하게 제압한 뒤 코어를 삼켰다.

"우와! 형 진짜 마법도 쓰네요?"

"3클래스까지만 사용할 수 있어."

"그게 어디예요? 센서블 비욘더 베이스에 매지컬 비욘더의 능력까지 갖고 있다니! 진짜 유례없잖아요, 그런 사람! 형은 보면 볼수록 매력이 장난 아닌 것 같아요!"

"그렇게 봐줘서 고맙다. 그나저나 이번에는 제발 퀸이 있었으면 좋겠는데."

보름 동안 던전을 숱하게 돌았는데도 퀸은 도통 찾아볼 수가 없었다.

퀸이 그렇게 흔한 녀석들은 아니니 당연한 결과였지만 힘이 조금 빠지는 건 어쩔 수 없었다.

"네? 퀸이 뭐예요? 좋은 거예요?"

내 혼잣말에 정유찬이 눈을 반짝반짝 빛내며 물어왔다. 그 모습이 꼭 호기심 많은 강아지 같았다.

"퀸은 몬스터들의 여왕이야. 같은 종을 지배할 수 있는 녀석이라고 생각하면 돼."

"우와, 그거 짱이다. 걔는 잡으면 돈 더 주나?"

"그런 건 없고."

"근데 왜 퀸을 찾으려고 그래요?"

"내가 테이밍한 몬스터들은 퀸의 몸속에 있는 코어를 먹으면 퀸으로 진화할 수 있거든."

그 말에 정유찬이 손뼉을 쳤다.

짝!

"아! 형이 길들인 몬스터가 퀸이 되면 다른 몬스터들을 다스릴 수 있으니까 몬스터 군단을 만들 수 있겠구나!"

"너 보기보다 이해력 빠르다."

"저 머리 좋아요. 공부도 잘해요."

"반에서 몇 등 하는데?"

"전교 1등이요."

"뭐? 전교 1등?"

내가 고개를 갸웃하자 정유찬이 헤헤 웃었다.

"전혀 그렇게 안 보이죠? 그런 소리 많이 들어요. 근데 진짜예요~ 시간 날 때마다 중학생들 과외도 해주고 있어요."

잘생긴 외모에, 피지컬 비욘더이니만큼 운동신경도 뛰어날 테고. 신고 있는 신발이나 걸친 액세서리들이 하나같이 비싼 걸로 보아 집도 제법 사는 것 같고, 거기에 머리까지 좋다니.

이 녀석 엄친아다.

"너 다 갖고 태어났구나?"

"에이 안 그래요. 공부는 순전히 노력해서 된 거예요. 그리고 목걸이랑 팔찌랑 신발도 제가 돈 벌어서 산 거구요."

"학생인 네가 무슨 돈을 벌어?"

"형 유튜브 아시죠?"

"알지."

"저 유튜버예요. 동영상 찍어서 업로드 하면 조회수를 돈으로 정산해 주는 거요. 제가 만든 채널 있으니까 나중에 구독 눌러주세요. 동영상 하나 올리면 기본 10만 이상은 찍어요. 헤헤."

"무슨 동영상 찍는데?"

"쿡방이요. 요리하고 먹는 거. 제가 한 요리 하거든요. 거기다 엄청 잘 먹습니다. 나중에 저 밥 한번 사줘요, 형!"

내 생각에 이 녀석이 요리하고 먹는 것보다 얼굴 보려고 동영상 찾는 사람들이 더 많을 것 같다.

아무튼 나름 열심히 사는 녀석이었네? 좀 방정맞은 거만 빼면 더 괜찮을 텐데.

이후에도 정유찬은 쉬지 않고 수다를 떨어댔다.

그러다가 링링이 나타나면 거의 내가 처리했다. 정유찬은 이미 몬스터를 잡을 생각도 없어보였다.

녀석의 정신은 온통 내게 쏠려 있었다.

*　　　*　　　*

이번 던전은 짧았고, 외길이었다.

링링을 처리하며 삼십 분 정도 걷다 보니 막다른 길이 나왔다.

한데 막힌 벽 앞에 링링 스무 마리 정도가 모여 있었다.

빨간색 링링도 있고 파란색 링링도 있고, 초록색 링링, 보라색 링링, 하늘색 링링, 주황색 링링, 색색별의 링링들이 올망졸망 모여 있으니 엄청나게 예뻤다.

"우와! 이거 대박!"

찰칵!

정유찬이 부리나케 스마트폰을 꺼내 그 광경을 찍었다.

한데 무리의 중앙에 다른 녀석들보다 덩치가 큰 링링이 보였다.

"어? 형? 저건 뭐예요? 왜 저놈만 커요? 그리고 다른 링링들은 단색인데 쟤는 무지개색이 몸에 막 섞여 있네요? 되게 예쁘다. 혹시 쟤 그건가요? 다른 놈들보다 더 성장한 몬스터? 맞죠? 저 정도면 3성쯤 되는 거예요?"

"아니."

"아니에요? 그럼 4성?"

"아니 그냥 1성이야."

"네? 근데 왜… 혹시 형이 말한 퀸?!"

역시 정유찬이.

눈치도 빠르고 머리도 좋다.

정유찬의 말대로 녀석은 퀸이었다.

1성의 외형적 특성을 그대로 갖고 있지만 다른 놈들보다 큰 덩치에 무지갯빛이 아름답게 뒤섞인 몸.

그것이 퀸의 특징이다.

게다가 다른 링링들이 퀸을 보호하듯 둘러싸고 있다.

퀸의 힘으로 녀석들을 조종하고 있는 것이다.

"드디어 퀸을 찾았다."

"완전 운수 터진 날이네요!"

"소환, 블링!"

내 부름에 블링이가 나타났다.

5성으로 완전 진화한 블링이의 등장에 링링들이 바들거리며 몸을 떨었다.

"우왓! 이건 동영상 각이다!"

정유찬이 블링이와 링링들의 모습을 스마트폰으로 녹화하기 시작했다.

귀여운 녀석.

"블링아."

"뀨!"

"처리해."

"뀨웃!"

블링이가 통통 뛰며 다가가자 링링들이 몸을 벽처럼 몸을 쌓았다.

퀸은 그 뒤에 숨어 숨죽이고 있었다.

아무리 퀸이라도 5성의 블링이를 상대할 순 없었다.

게다가 블링이는 내게 테이밍된 상태기에 퀸의 명령을 듣지 않는다.

"뀨우우!"

블링이가 몸을 크게 불려 벽을 쌓은 20마리의 링링들을 한 번에 집어삼켰다.

촤아아아악!

링링들은 그 일격에 그대로 녹아 사라졌다.

그 바람에 녀석들의 몸속에 있는 코어도 녹아버렸다.

"야야, 코어는 지켜야지!"

"뀨?!"

블링이는 자신의 실수를 알아채고 화들짝 놀랐다.

"됐다. 그래봤자 1레벨 몬스터들 코어니까 그냥 넘어가자. 근데 퀸의 코어는 녹이면 안 된다! 절대 안 돼!"

"뀨웃!"

블링이가 씩씩하게 대답하고서 퀸에게 다가갔다.

퀸의 몸이 전보다 더 격하게 떨려왔다.

퀸을 보며 씩 미소 지은 블링이는 망설임 없이 녀석의 몸을 건드려 녹여 버렸다.

"뀨우우우!"

퀸은 괴로운 비명을 지르며 반항 한번 못 한 채 사라졌다.

퀸이 있던 자리에는 흥건한 산성액과 코어만이 남아 있었다.

"그거 삼켜, 블링아."

"뀨!"

블링이가 코어를 날름 삼켰다.

그걸 지켜보던 정유찬이 내게 물었다.

"그러니까 이제 블링이가 퀸으로 진화하는 거예요?"

"응."

"근데요, 형. 차라리 퀸을 테이밍하는 게 낫지 않아요?"

"만약 우리 앞에 나타난 게 5성의 퀸이었다면 테이밍했겠지. 그런데 1성이었잖아. 그 녀석 테이밍해서 5성까지 성장시키는 것보다, 이미 5성인 블링이를 퀸으로 진화시키는 게 더 나아."

"아, 그런 거구나."

우리가 대화를 나누는 사이 코어의 힘을 흡수한 블링이의 몸에 변화가 일기 시작했다.

분홍색이던 녀석의 몸이 무지갯빛으로 바뀌었고 덩치가 전보다 배는 커졌다.

머리에 피어 있던 꽃의 이파리가 여러 갈래로 쪼개지며 더욱 화려한 색으로 물들었다.

"뀨-우-우-웃!"

진화를 마친 블링이가 크게 울었다.

녀석이 퀸으로 완벽하게 변신한 것이다.

"멋지다, 블링이!"

내 칭찬에 블링이는 으쓱으쓱거리면서 몸을 좌우로 마구 흔들었다.

"우와~! 짱이다! 형님, 진짜 멋있어요!"

말을 하며 정유찬이 녹화를 종료했다.

"이 영상은 평생 가보로 간직할게요. 아, 혹시 유튜브에 올려도 돼요?"

"응? 그래, 대단할 거 없으니까 올려도 돼."

"대단할 게 없다니요! 일반 몬스터가 퀸으로 진화하는 건 아무도 못 봤을걸요?"

하긴, 이런 장면은 쉽게 볼 수 있는 게 아니다.

지구에서도 일반 몬스터가 퀸의 코어를 흡수하면 급성장을 하거나 퀸으로 진화한다는 건 이미 밝혀진 사실이다.

하지만 그것을 두 눈으로 직접 목격한 이들은 많지 않다.

한데 정유찬은 이를 영상으로 담아버렸으니 아마 유튜브

조회수가 제법 오를 것이다.

그건 곧 정유찬의 수입으로 직결된다.

정유찬은 벌써부터 신이 나는지 콧노래를 흥얼거렸다.

"진짜 형을 만난 건 제 인생 최고의 행운인 것 같아요. 헤헤."

"최고의 행운일 것까지야."

"형, 우리 개인적으로도 연락하고 지내면 안 돼요? 번호 주실 수 있어요?"

"너무 귀찮게만 안 한다면 줄 수도 있고."

"절대로 귀찮게 안 할게요! 그리고 저도 늘 번호 따이기만 했지, 다른 사람 번호 따는 건 처음 있는 일이에요!"

하긴, 이런 녀석을 여자들이 가만둘 리 없겠지.

"그래, 번호 교환하자."

"아싸!"

난 정유찬과 번호를 교환하고서 던전을 클리어했다는 보고를 마친 뒤 입구로 향했다.

몬스터들을 다 정리한 터라 입구까지 가는 데는 10분밖에 걸리지 않았다.

그 10분 동안에도 정유찬의 입은 쉬지 않고 움직였다. 녀석의 입에서 나온 얘기 중 대부분은 영양가 없는 것들이었다.

통~ 통~

블링이는 우리 두 사람 뒤를 통통 뛰면서 따라왔다.

녀석이 한 번 바닥에 튕길 때마다 몸뚱이에 파문이 일어 무지갯빛 무늬가 아름답게 흔들렸다.

이제 블링이로 인해 링링 군단을 만들 수 있게 됐다.

퀸으로 진화한 녀석을 보고 있자니 뿌듯한 기분이 파도처럼 밀려왔다.

던전 밖으로 나와 밥이라도 한 끼 하자는 정유찬의 부탁을 억지로 뿌리친 뒤, 타조를 소환해 블링이와 함께 올라타고 집으로 향했다.

난 내 앞에 앉아 있는 블링이의 머리를 쓰다듬어 주고 씩 웃었다.

"볼수록 네 자태가 참 곱다, 인석아."

"뀨웃!"

"앞으로 잘해보자."

"뀨-우-웃!"

흐뭇한 감상의 시간을 마치고서 난 블링이를 아공간으로 돌려보냈다.

*　　　*　　　*

아공간에 퀸으로 진화한 블링이가 들어오자 몬스터들은 당황했다.

하지만 이내 블링이의 기운을 감지하고 우르르 몰려들어

반겨주었다.

물론 시크냥은 도도한 척하며 호기심 가득한 시선을 보낼 뿐, 블링이에게 다가오진 않았다.

그리고 또 한 마리.

블링이에게 다가가기는커녕 멀리 떨어져서 부끄러움에 부들부들 떨고 있는 녀석이 있었으니.

"샤, 샤아아아!(너 누구야아아아아!)"

샤오샤오였다.

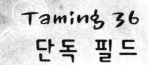

Taming 36
단독 필드

날씨가 화창한 목요일.

아침 일찍부터 펫들을 소환시켜 구보로 학교까지 등교한 뒤, 녀석들을 봉인하고서 교실에 들어와 내 자리에 앉았다.

아직 이른 시간이라 등교한 학생은 얼마 되지 않았다.

난 멍하니 창밖을 바라보며 사색에 빠졌다.

사실 이제 학교에 나올 필요는 없었다.

비욘더가 되면서 먹고살 길은 충분히 열어놓았다.

혹시 내가 몬스터들과 싸우다 죽더라도 아버지 혼자 풍요롭게 먹고살 돈도 벌어두었다.

때문에 학교 공부는 아무 의미가 없었다.

그래도 꾸준히 학교를 나오는 건 조금 유치하지만 포식자들이 사라진 이 공간에서 편안함을 느끼는 게 좋았기 때문이다.

예전의 내게 학교는 지옥이었다.

매일 아침 눈을 떠 학교에 가야 한다는 사실이 너무나도 싫었다.

그곳엔 나를 괴롭히는 인간들만 가득했었으니까.

그런데 지금은 다르다.

그 녀석들은 모두 내 손에 아작 났고, 와해되었다.

이제 교실에서 나를 건드릴 인간은 아무도 없었다.

그렇다고 내가 다른 학생들을 괴롭히거나 그들의 머리 꼭대기에 서서 지배하는 기분을 내는 것도 아니다.

그냥 난 내가 정화시킨 이 공간을 느끼는 게 좋을 뿐이다.

그리고 또 하나.

김태하의 시다바리였다가 끈 떨어진 연이 되어버린 지동찬의 상황도 궁금했다.

'이대로 학교를 죽 나오지 않다가 자퇴할 생각인가?'

그게 아니라면 얼굴 한 번은 봤으면 싶다.

물론 좋은 얘기를 하고 싶어서 그러는 건 아니다.

당한 게 있는데 고운 말이 나가겠어?

몇 대 쥐어박고 욕이나 한바탕 해주는 걸로 그동안 못된 짓 한 거 퉁쳐줄 생각이다.

아, 쥐어박는 건 내가 아니라 귀여운 펫들이 대신 하게 될 지도 모른다.

"아진아~"

생기발랄한 이 목소리, 신지혜였다.

애는 내가 한 번 도와준 그날 이후 지금까지도 꾸준히 내 옆자리를 고수하고 있었다.

"뭐 안 좋은 일 있어?"

신지혜가 가방을 책상에 올려놓고서 내게 물었다.

"안 좋은 일? 왜? 내 얼굴이 좀 우울해 보여?"

"아니. 그냥 심심해서 재미있는 일 터진 거 없나 싶어가지고."

"너 심심하다고 나한테 안 좋은 일 있기를 바라는 건 무슨 심보야."

"하아, 집에 가고 싶다. 학교는 참 이상해. 오자마자 집에 가고 싶어. 그렇지?"

"난 별로."

"근데 너는 연애 안 해?"

"할 마음도 없고, 할 사람도 없고."

"에이~ 아닌 것 같은데."

신지혜가 피식피식 웃으며 고개를 내저었다.

애가 또 어디서 무슨 소리를 들었기에 이래?

"솔직히 말해보라~ 어서 말해보라~"

신지혜가 장난기 가득한 눈을 하고서 내 옆구리를 쿡쿡 찔러댔다.

　　"뭘?"

　　"끝까지 모르는 척하기야?"

　　"모르는 척하는 게 아니라 네가 뭘 말하라는 건지 감조차 못 잡겠다."

　　"미러클 테이머와 전격의 검! 이래도 몰라?"

　　"그게 뭔데? 나랑 이환?"

　　"응. 두 사람 꽁냥꽁냥하다고 소문이 자자하던데? 둘 사이에 뭐 있지?"

　　이건 또 무슨 자다가 봉창 두들기는 소리냐.

　　나랑 이환이 뭐가 어째? 꽁냥꽁냥?

　　내가 완전히 금시초문이라는 얼굴로 고개를 내젓자 신지혜가 고개를 갸웃거렸다.

　　"아니야?"

　　"아니야. 그리고 나는 그런 소문을 들어본 적이 없다. 대체 그 소설의 근원지가 어디야? 누구 머리에서 나온 시나리오야?"

　　"대박. 너만 빼고 다른 애들은 다 알걸? 어떻게 본인 소문을 본인이 몰라?"

　　"그것 참 희한하네."

　　왜 내가 이환이랑 엮인 걸까?

던전 토벌을 하면서 다른 비욘더들보다 자주 만나긴 했지만 이렇다 할 사건은 없었다.

그렇다고 이환이 날 좋아해서 특별히 눈에 띄는 행동을 한 것도 아니다.

'아니 땐 굴뚝에도 연기가 나는구나.'

옛날 속담이 다 맞는 건 아닌 모양이다.

"정말 아니야?"

"아니야."

"좋다 말았네. 재미없다. 나 잘래."

금방 흥미를 잃은 신지혜가 책상 위에 던진 가방에 엎드려 눈을 감았다.

근데 진짜 이상하네.

이환이랑 내가 대체 왜 엮인 거야?

＊　　　＊　　　＊

시간은 금방 흘러 1교시, 2교시를 지나 3교시가 시작되었다.

신지혜는 선생이 뭐라고 하든 말든 나 몰라라 부족한 수면을 채우기에 바빴다.

평소 같았으면 나도 비슷한 입장이었겠지만 오늘은 어째 잠이 오지 않았다.

그렇다고 깨어 있으니까 공부를 하는 것도 아니었다.

'진짜 학교 그만둬야 하나.'

이럴 시간에 몬스터들 데리고서 훈련이나 하는 게 더 효율적이다.

이미 교실의 아늑함은 충분히 만끽했으니 이제는 현실적으로 내게 도움이 되는 일에 시간을 할애하는 게 더 맞을 것이다.

'게다가 이제는 몬스터 군단까지 탄생하려는 참이니 말이야.'

난 블링이를 퀸으로 진화시킨 뒤 사흘 동안 열심히 던전을 돌았다.

그러다 링링을 만나게 되면 블링이를 소환해 복종하게 만들었다. 그다음은 당연히 지배의 술을 전개해 테이밍시키는 수순이었다.

테이머들은 한 클래스당 지배할 수 있는 몬스터의 수가 20마리씩 늘어난다.

그러니까 1클래스는 20마리의 몬스터를, 2클래스는 40마리를, 3클래스 60마리의 몬스터를 테이밍할 수 있는 것이다.

현재 난 5클래스니 100마리의 몬스터를 테이밍할 수 있다.

기존에 있던 몬스터의 수는 블링, 꼬맹이, 흰둥이, 타조, 예티, 샤오샤오, 시크냥, 사천사까지 여덟.

거기에 블링이가 퀸으로 진화하며 테이밍한 링링의 수가 스물이었다.

블링이를 제외한 나머지 링링의 이름은 전부 링링1, 링링2, 링링3, 이런 식으로 지어주었다.

블링이 말고 새로 길들인 링링에게는 정을 주지 않기 위해서다.

어차피 녀석들은 정찰조나 미끼로 쓰이게 될 녀석들이다.

1레벨에 1성인 링링은 전투에 큰 도움이 되지 않기 때문이다.

"흐아암."

나도 모르게 하품을 크게 하품을 했다.

학생들이 키득거렸고 선생님이 난감한 시선을 내게 던졌다.

아무래도 난 비욘더의 입장이다 보니 선생님이 함부로 다룰 수 없었다.

"죄송합니다. 앞으로 티 안 나게 하겠습니다."

이럴 땐 무안하지 않도록 알아서 자세 낮춰줘야 한다.

선생님은 다시 수업을 이어나갔다.

'그러고 보니 지만이는 어떻게 됐을까?'

김태하와의 사건이 있곤 난 직후, 지만이는 차서린과 민아림의 도움을 받아 병원으로 옮겨졌다.

녀석의 육신은 누군가의 케어가 없이는 지속적으로 썩어들어간다.

해서 초신성 중 한 명이자 어마어마한 회복 능력을 가진 민아림이 지만이의 곁을 지켜주기로 했다.

지만이의 몸이 썩지 않도록 그녀의 능력으로 생명력을 나눠주는 것이다.

난 지만이의 상태가 궁금해 차서린에게 병원의 주소를 몇 번이나 요구했었다.

하지만 차서린은 끝끝내 내게 아무것도 알려주지 않았다.

박지만이 완전히 회복하게 되면 그때 어련히 찾아갈 것이니, 지금은 안정을 할 수 있도록 놔두라며 말이다.

내가 이런저런 생각에 빠져 있을 때였다.

삐빅—

던전 레이더에서 콜이 떨어졌다.

전광석화처럼 출수된 손이 수락 버튼을 눌렀다.

그런데, 이번 모임에 파티 매칭된 인원이 무려 17명이었다.

이건 던전이 아니었다.

필드였다.

*   *   *

콜을 떨어진 지역은 명동 U백화점 앞 도로였다.

명동은 서울에만 있는 게 아니다. 춘천에도 명동이라는 지역이 있다.

타조를 타고 명동으로 빠르게 날아갔다.

익환고등학교에서 명동까지는 택시로 3분이면 도착한다.

타조는 1분 만에 나를 목적지에 내려주었다.

U백화점 앞에는 이미 열 명의 비욘더가 모여 있었다.

그들의 앞엔 이면전장으로 향하는 차원의 문이 열린 상황이었다.

내가 도착하고 나서 얼마 지나지 않아 군부대가 출동했다.

장갑차와 탱크가 주변을 포위하고 군인들이 바리케이드를 세우는 사이 나와 면이 있는 비욘더들이 알은체를 해왔다.

인사를 나눈 이들은 남지혁과 설소하, 강철수, 그리고 최근에 던전을 돌다가 파티를 맺었던 적 있는 정광순이 전부였다.

나머지는 처음 보는 이들이었다.

사람들의 인사를 대충 받아주고서 이면전장의 문 위에 적힌 숫자를 살폈다.

그런데.

"…저거 진짜야?"

내 혼잣말에 정광순이 다가와 담배를 꼬나물었다.

"그죠? 황당하죠? 나도 여기 도착해서 한참 동안 저 숫자만 보고 있었다니까요."

정관순은 40대 후반의 남자로 3클래스 센서블 비욘더다.

가무잡잡한 피부에 짧게 자른 스포츠머리가 특징이며 키는 180이 조금 넘는 것 같았다.

정광순의 능력은 드미니쉬(Diminish).

그대로 해석하자면 줄어든다는 뜻이고, 이게 그의 능력이다.

예전 마블 코믹스의 앤트맨이라는 영웅처럼 그도 먼지만한 크기로 작아질 수 있다.

게다가 정광순은 한울파의 각치다.

각치란 한울파에서 서열 100위 권 안에 드는 무예가를 일컫는 칭호다.

중요한 점은 각치 중에서도 다섯 손가락 안에 드는 대단한 실력자라는 것이다.

한 문파의 다섯 기둥 중 하나에 들 수 있을 정도의 실력이면 그는 그 자체로 인간 병기나 다름없다.

1레벨 몬스터까지는 능력을 사용하지 않아도 순수한 육신의 힘으로 충분히 제압할 수 있다.

2레벨 몬스터도 1성의 상태라면, 그리고 정광순이 작은 실수 하나도 하지 않는다면 능력 없이 겨우겨우 상대해 낼 수 있을 것이다.

한데 그는 드미니쉬를 사용할 수 있다.

능력을 시전해 순간적으로 작아진 그는 날렵하게 움직여 적의 오공 중 아무 곳으로나 들어가 능력을 해제한다.

그러면 작아진 그의 몸이 다시 거대해지며 몬스터의 머리가 박살이 난다.

몸을 컨트롤하는 뇌가 산산조각으로 부서지니 몬스터는 더 이상 전투 불가, 싸움은 아주 싱겁게 정광순의 승리가 된다.

몬스터의 입장에서 보자면 정말 치사한 기술이 아닐 수 없었다.

아무튼 그는 나보다 훨씬 나이가 많음에도 절대 함부로 말을 놓거나 하지 않았다.

처음부터 끝까지 예의를 중시하면서 분위기를 유쾌하게 이끌어갈 줄 아는 사람이었다.

하지만 지금 이 상황은 그 역시도 유쾌한 쪽으로 돌리기가 영 힘들어 보였다.

차원의 문 위에 적힌 숫자는 '1'이었다.

즉, 단 한 명만 저 차원의 문 너머로 넘어갈 수 있다는 것이다.

이면전장에 어떤 몬스터가 몇 마리나 도사리고 있을지도 모르는데 한 명만 넘어갈 수 있다니?

대체 어느 누가 그런 달갑지 않은 짓을 하겠다며 나서겠는가.

"머리 아프지, 아진아."

강철수가 다가와 내게 어깨동무를 했다.

"그냥 조금 당황스럽네요."

"광순아, 담배 좀 주라."

"네, 형님."

강철수와 정광순은 이미 안면이 있는 사이인 모양이다.

정광순이 담배 한 개비를 꺼내 강철수의 입에 꽂아주고는 불까지 붙여주었다.

"과연 이 중에 저 지옥 속으로 몸을 던지겠다는 영웅이 있을 것 같냐?"

강철수가 물었고 난 어깨를 으쓱했다.

"글쎄요."

그때 장갑차 너머로 택시 한 대가 멈춰 섰다.

그 안에서 내린 건 이환과 한규설이었다.

두 사람이 군인들을 지나치고 바리케이드를 넘어서 우리에게 다가왔다.

그들의 얼굴을 아는 이들이 서로 간에 인사를 주고받은 뒤, 이환은 내게도 눈인사를 건네며 말했다.

"잘 지내셨죠?"

"그럼요. 저걸 보기 전까지는."

내가 손으로 차원의 문 위에 적힌 숫자를 가리켰다.

이를 확인한 이환이 놀라 입을 살짝 벌렸고, 한규설은 키득거렸다.

"말도 안 돼."

"한 명만 들어가라고? 하하하! 대박이네, 이번 거. 그래서 누구 들어가기로 한 사람 있어? 없으면 내가 들어갈까?"

한규설이 신나서 떠들어댈 때였다.

"하음~ 누구 마음대로?"

나른한 음성이 귓전에 들려오는 순간 공간의 기운이 기이하게 바뀌었다.

조금 전까지는 아무렇지도 않던 공기가 끈적하고 불쾌해졌다.

모든 이의 시선이 술 취한 듯한 걸음으로 다가오는 사내, 류시해에게 향했다.

"저기 들어갈 사람은 따로 있는데?"

저 음성. 저 표정. 저 행동. 저 말투. 보면 볼수록 사람을 홀리게 만든다. 아주 기분 나쁜 쪽으로.

"매드 피에로."

남지혁이 류시해의 칭호를 불렀다.

그러자 류시해가 손사래를 치며 고개를 절레절레 저었다.

"아니아니, 나 그쪽이랑은 별로 할 말 없어."

말을 하는 녀석의 시선이 이곳저곳을 살피듯 도르륵거리며 움직이다가.

"그동안 잘 지냈어, 우리 자기?"

내게서 멈췄다.

＊　　　　＊　　　　＊

류시해의 등장에 비욘더들이 신경을 곤두세웠다.

이미 그는 비욘더들 사이에서 어떤 미친 짓을 벌일지 모르는 돌아이로 정평이 나 있었다.

그럼에도 비욘더 길드에서는 그를 제재하지 못하고 있었다.

류시해가 미친 짓을 할 때는 많았지만 그게 비욘더들에게 직접적인 피해로 이어진 적은 한 번도 없었기 때문이다.

녀석은 항상 아슬아슬한 시점에서 행동을 멈췄다.

선을 넘지 않았다.

아니, 가끔 선을 넘었어도 운 좋게 일이 잘 마무리되곤 했다.

"간만에 보니까 반가워서 질질 싸겠지?"

류시해가 아진에게 다가가며 비리게 미소 지었다.

아진이 그런 류시해를 바라보다 한마디 툭 던졌다.

"뻘 소리 더 지껄이거나 내 근처에 다가오면 어디 한 군데 잘린다."

그 말에 류시해는 바로 멈춰 서더니 키득거렸다.

"역시 키우는 맛이 있단 말이야. 그런데~"

류시해의 시선이 차원의 문으로 향했다.

"숫자가 1이네? 저기에 누가 들어가게 될 것 같아?"

"아무도 안 들어갈 것이외다!"

상황을 지켜보던 설소하가 버럭 소리치며 끼어들었다.

류시해가 눈동자를 빙글 돌려 설소하를 바라보았다.

그가 고개를 필요 이상으로 크게 꺾어 우스꽝스러운 자세로 물었다.

"왜?"

"들어갈 필요가 없기 때문이오."

"어째서?"

그때였다.

쾅!

굉음과 함께 차원의 문이 마구 떨렸다.

이면세계에 있는 몬스터들이 문을 들이받기 시작한 것이다.

"저러다 몬스터들 다 튀어나오면 여기 있는 사람들 다 씹어먹힐걸?"

"한 명이 들어갔다가 죽어버리면 그건 무슨 의미가 있겠소!"

"숭고한 희생정신으로 영웅이 되는데 죽을 만하잖아."

콰앙!

차원의 문이 한 번 더 진동했다.

"만약 그가 죽었는데 차원의 문이 다시 열린다면 어쩔 거냔 말이오!"

설소하는 그것을 걱정하고 있었다.

열린 차원의 문은 그 위에 적힌 숫자만큼의 인원이 들어가면 다시 닫힌다.

한데 문제는 아직 한국에서 차원의 문이 한 번밖에 열리지 않아 정보가 부족하다는 것이다.

저번 전투에서는 필드에 들어선 이들이 승리했고 차원의

문이 다시 열렸다.

해서 한국 땅엔 다른 피해가 나지 않았다.

한데 만약 그들이 죽었다면? 차원의 문이 열리지 않는 건지, 아니면 차원의 문이 열려 몬스터들이 뛰쳐나오는 건지 그걸 알 수 없었다.

결과적으로 얘기하자면 차원의 문으로 들어선 인원들이 죽을 경우, 닫혔던 문은 다시 열린다.

그리고 문 위에 똑같은 숫자가 떠오른다.

몬스터들은 지금처럼 문을 부수기 위해 들이받는다.

문이 부서지기 전에 또다시 문 위에 적힌 숫자만큼의 사람이 들어가야 다시 닫힌다.

즉 필드에 소환된 몬스터를 전부 잡아야만 일이 해결되는 것이다.

일본에서는 필드로 넘어간 비욘더들이 계속해서 몬스터들을 잡지 못했고, 그 때문에 차원의 문은 끊임없이 열렸다.

종내에는 차원의 문이 부서지며 이면세상의 몬스터들이 세상으로 튀어나왔다.

물론 차원의 문 근방을 포위하고 있던 비욘더들이 놈들이 모습을 드러내자마자 총공격을 가했다.

그러나 그 와중에도 살아남은 몬스터들은 민가로 향하고 말았다.

그 결과는 수많은 민간인의 희생으로 이어졌다.

이런 사실을 한국의 비욘더 길드는 모르고 있었다.

절대 불가침 조약에 의해 각 국가 간의 연락이 불가능하기 때문이다.

그 와중에 설소하처럼 만약의 경우를 생각하는 사람이 있었고, 비욘더 길드의 수뇌부들 역시 그 정도의 가정은 계산할 수 있는 인재들이었다.

때문에 그들도 당장 비욘더들에게 어찌하라는 명령을 내리지 못하고 있었다.

차원의 문으로 비욘더를 보내자니 1이라는 숫자가 걸린다.

괜히 한 명만 보냈다가 개죽음을 당할 수 있는 일이다.

그렇다고 가만히 있다가 튀어나오는 몬스터들을 처리하자니 그 규모가 어느 정도일지 몰라 불안했다.

어마어마한 수가 튀어나오면 현재 모여 있는 비욘더들만으로는 제압이 불가능할 테고, 이는 곧 민간인의 희생으로 이어진다.

하지만 류시해는.

"그건 아직 모르는 거니까 아무나 하나 집어넣어 보는 게 어때?"

만약의 경우 같은 건 생각하지도 않는 것 같았다.

"안 될 말이오."

설소하가 그의 의견을 딱 잘라 끊었다.

"그래? 하음~ 재미없네. 아, 그런데 다들 그거 알고 있으려

나?"

"또 괜한 말로 사람들의 마음을 어지럽게 할 셈이면 그만두시오!"

"괜한 말이 아니라 정보를 주려는 것뿐이니까 그냥 들어둬. 아주 중요한 정보거든."

"···말해보시오."

"여기 오다가 본 건데 일단의 무리가 이곳으로 질주하고 있더라고. 하나같이 얼마나 살기등등하던지 소름이 끼치던걸?"

말을 하며 류시해가 입술을 핥았다.

"일단의 무리라뇨?"

이환이 궁금해하며 물었다.

류시해가 입꼬리를 말라 올리더니 어깨를 으쓱했다.

"정체는 나도 잘 모르지. 그런데 하나같이 보통 사람은 아닌 것 같더라고. 그럼 둘 중 하나 아니겠어? 연락을 받고 온 비욘더이거나 혹은······."

그때였다.

부다다다다다!

그다지 머지않은 곳에서 바이크 여러 대의 시끄러운 엔진 소리가 들려왔다.

이어 먼지구름과 함께 스무 대가량의 바이크가 빠르게 다가오는 것이 보였다.

이를 보며 류시해가 눈을 튀어나올 듯 크게 뜨고는 기괴한 미소를 지었다.

"레지스탕스거나."

"뭐?!"

"레지스탕스?"

류시해의 말에 비욘더들이 동요했다.

그러는 사이 스무 대의 바이크는 비욘더들 근처에 와 일제히 멈춰 섰다.

정확히 남자가 열일곱, 여자가 셋이었다.

갑자기 들이닥친 무리들 중 청바지에 흰 티를 걸치고 짧은 머리를 뾰족하게 세운 남자가 앞으로 나섰다.

"안녕하신가, 비욘더 나으리들!"

그의 입에서 기차 화통을 삶아 먹은 것 같은 목소리가 터져 나왔다.

비욘더 중 몇몇은 화들짝 놀라 귀를 틀어막았다.

대부분 그가 누군지 몰라 아리송해하던 와중 설소하가 놀라 소리쳤다.

"육진걸!"

"음? 이게 누구신가? 청학동 도련님 아니신가? 오래간만이우! 하하하!"

설소하를 알아본 육진걸이 크게 웃었다.

아울러 육진걸이라는 이름이 튀어나오자 조금 전까지는 그를 몰라보던 비욘더들이 일제히 놀란 얼굴이 되었다.

"유, 육진걸이라면 레지스탕스 멤버잖아!"

정광순이 목청을 높였다.

그도 그럴 것이 육진걸이라면 레지스탕스 소속 흑랑대(黑狼隊)의 대원이며 춘천에서 제법 덩치가 있는 폭력 조직 진걸파의 우두머리였기 때문이다.

춘천의 밤거리를 지배하는 조직은 딱 세 그룹이 있었는데 그중 하나가 진걸파였다.

진걸파는 불법 도박장 두 군데와 클럽 하나를 관리하며 가끔씩 마약 밀매에도 손을 대고 있었다.

하지만 덩치가 워낙 큰 데다 레지스탕스 소속인 육진걸이 보스로 있으니 경찰에서도 함부로 손을 댈 수가 없었다.

자칫 잘못하다가는 이건 비욘더와 레지스탕스의 전면전이 될지도 모를 일이기 때문이다.

물론 육진걸을 비롯한 그 밑의 건달들도 큰 문제는 일으키지 않았다.

서로가 조심하고 있었던 것이다.

그런데 여태껏 아슬아슬하게 이어져 내려왔던 이 균형을 육진걸이 오늘 깨뜨리려 하고 있었다.

"다들 내 이름은 한 번씩 들어본 적이 있는 모양이네? 그럼 얘기가 쉽겠어! 일단 내가 끌고 온 애들부터 소개하겠수! 나를 제외하고 머릿수가 열아홉! 전부 다 데스페라도들이우!"

데스페라도(Desperado : 무법자).

레지스탕스에서는 비욘더들을 그렇게 부른다.

약육강식의 시대를 존중하며, 정부가 만들어놓은 법을 비웃기 위해 지은 칭호다.

갑자기 나타난 20명의 데스페라도들은 비욘더들을 긴장하게 만들었다.

저 정도나 되는 녀석들이 뭉쳐 다니는 경우는 근래에 들어서는 거의 없었다.

놈들이 비욘더가 몰려 있는 이 장소에 쎄쎄쎄나 하자고 찾아오지는 않았을 터.

한바탕 전쟁을 치러야 할 것이 분명했다.

그러나 지금 이 자리에 있는 비욘더들의 수를 다 합쳐도 스물이 되지 않는다.

그나마 설소하와 한규설, 그리고 5인의 초신성 중 셋이 함께라는 걸 다른 비욘더들은 다행으로 생각했다.

한데 문제는 상대 전력에 대해 전혀 파악할 수가 없다는 것이었다.

게다가 공식적으로 알려진 육진걸의 힘은 5클래스 피지컬 비욘더.

그리고 동급의 피지컬 비욘더보다 힘과 스피드가 월등히 뛰어나다는 소문이 있다.

문제는 이 자료가 3년 전 것이라는 데 있었다.

근 3년 동안 육진걸은 도통 활동을 하지 않았다.

해서 그가 3년 전과 비교했을 때 얼마나 많이 성장했을지는 알 수 없는 일이었다.

"찾아온 목적이 무엇이죠?"

다들 혼란스러워하고 있을 때, 육진걸의 등장에도 눈썹 하나 까딱하지 않았던 여장부, 이환이 나서서 물었다.

"음? 그쪽은 전격의 검이신가?"

"맞아요."

"5인의 초신성 중 유례없던 미모를 가진 여검사가 있다기에 대충 찍어봤는데 역시나였군."

"묻는 말에나 대답하시죠."

"대쪽 같은 성격까지! 하하하하하하! 좋아! 대답해 주지. 사실 그다지 거창할 건 없고. 여러분의 목을 좀 거두어 갈까 해서 왔지!"

말미에 육진걸이 사나운 미소를 머금었다.

그의 몸에서 맹수 같은 기세가 풍겼다.

어느 정도 거리를 두고 있음에도 그 기운은 비욘더들의 피부로 와 닿았다.

심약한 비욘더 두 사람은 정신이 아찔해져 비틀거렸다.

"완전히 미친놈이네, 저 새끼."

그때 강철수가 히죽거리며 욕을 던졌다.

"우리는 구면이지, 강철수?"

"너 나랑 갑이냐? 그럼 좋나게 동안이겠네? 근데 아무리 봐

도 내가 형 같거든? 그러니까 함부로 말 놓지 마라. 모가지 날
아간다."

"전장에서 무슨 나이를 따지고 그러시우! 형 소리가 그렇게
듣고 싶수? 어차피 들어봤자 십 분 지나면 이 세상 사람이 아
닐 것을!"

"너 같은 동생 둔 적 없어서 형 소리 듣기 싫고 함부로 이
름 부르지 말라고 개새끼야!"

강철수가 버럭 소리쳤다.

육진걸은 자기 앞에서도 당당한 강철수를 보며 크게 웃었
다.

"하하하하! 예나 지금이나 그 벼락같은 성격은 그대로네?
왜, 비리 저질러서 형사복 벗기 전에 압수 수색한다고 우리
사무실 들이닥쳤었잖아? 근데 그게 그쪽 마지막 일이 될 줄은
몰랐을 거야?"

"너는 내가 씹어 죽여도 시원찮다."

육진걸의 말대로 강철수는 형사 생활을 하던 시절, 진걸과
의 사무실을 들이닥친 적이 있다.

마약 밀매의 증거를 잡기 위함이었다.

하지만 아무런 증거도 찾아낼 수 없었고, 오히려 한 달 뒤,
강철수는 받아먹지도 않았던 뒷돈 거래 의혹을 받게 되었다.

그는 당당했지만 이미 그의 통장으로 큰돈이 입금된 이후
였다.

결국 강철수는 형사복을 벗게 되었다.

그 모든 것이 육진걸이 짜놓은 덫에 강철수가 걸린 것이다.

육진걸은 강철수가 자신을 노린다는 것을 알고 일부러 미끼를 던졌다. 그것을 문 강철수는 진걸파의 사무실을 덮쳤다가 헛수고만 했다.

선량한 시민을 자기 건수 올리려고 범죄자 만들려 한 것도 모자라 뒷돈까지 받아먹은, 부정부패에 찌든 형사 강철수는 그렇게 내쫓겼다.

만약 그날 이후 비욘더의 능력을 각성하지 않았다면 그의 인생은 시궁창에 처박혔을 것이다.

아무튼 지금 여기서 자신의 인생을 망가뜨린 장본인과 재회하게 되니 강철수의 피가 들끓었다.

"피차 좋은 감정은 없는 것 같으니 대화는 이쯤 하고… 한 번 시원하게 붙어봅시다!"

육진걸의 말에 20인의 데스페라도가 일제히 비욘더들에게 달려들었다.

그에 비욘더들도 전투준비를 하고 데스페라도에게 달려들었다.

싸움에 휘말리면서도 아진은 지금의 돌아가는 상황이 뭔가 기이하게만 다가왔다.

데스페라도들이 이런 짓을 벌인다면 곧 레지스탕스와 정부의 싸움을 야기하게 된다.

'그걸 모를 리가 없을 텐데 왜?'라는 의문이 머릿속에 가득했다.

그런 와중에도 펫들을 소환시켜 공격 명령을 내렸다.

펫들이 있기 전에는 수적으로 열세였으나 펫들이 가세하니 상황은 역전되었다.

게다가 아진의 펫들 중 3레벨까지의 펫들은 완전체!

4레벨 펫도 두 마리나 있고 최근에 길들인 5레벨 사천사까지 가세하니 결코 비욘더들이 질 일은 없었다.

비욘더와 데스페라도 무리가 충돌해 난전을 벌였다.

여기저기서 피가 튀고 비명 소리가 들려왔다.

한데 그러던 와중, 아진의 시야에 이상한 광경이 잡혔다.

'…뭐야, 저 새끼?'

류시해가 아무것도 하지 않고 히죽거리며 상황을 관망하는 게 아닌가?

그러다 갑자기 녀석의 시선이 아진에게 향했다.

아진은 스케라 소드를 꺼내 들고서 데스페라도 한 놈에게 달려들려던 참이었다.

류시해가 그런 아진에게 한 손을 뻗었다.

순간.

콰앙!

"컥!"

류시해의 힘, 염력이 아진의 몸을 뒤로 쭉 밀어버렸다.

워낙 경황이 없던 차에 당한 공격이라 아진은 막아볼 생각
도 못 하고 속수무책으로 당했다.

게다가 아진의 가장 강력한 힘은 펫을 다루는 것이다.

육체적인 능력이 아무리 뛰어나다 한들 피지컬 비욘더는
아니었다. 강력한 염력의 기운이 밀어붙이는데 도무지 버텨낼
수가 없었다.

"류시해! 지금 뭐하는……!"

아진이 소리치는 순간, 류시해가 손을 흔들며 미소 지었다.

"루아진 당첨. 안녕~"

"뭐?"

아진이 놀라 뒤를 돌아보았다.

그리고 자신의 몸이 하얀 벽에 스며들어 가는 광경을 볼
수 있었다.

필드로 향하는 차원의 문이었다.

"봉인! 블링, 꼬맹이, 흰둥이, 타조, 예티, 샤오샤오, 시크냥,
사천……!"

아진은 미처 사천사의 이름을 부르지 못한 채 이면세계로
밀려 들어갔다.

사천사를 제외한 모든 펫들은 아진에게 봉인되었지만, 사천
사는 봉인되지 못한 채 전장에 홀로 남겨졌다.

아진을 삼킨 소환의 문은 바로 닫혔다.

"아진 님!"

이환이 뒤늦게 그의 이름을 불렀다.

하지만 아진의 대답은 들려오지 않았다.

*   *   *

이면세계에 들어가 단독 필드를 접하게 된 아진은 처음엔 어안이 벙벙했다.

그다음엔 류시해를 죽여 버리고 말겠다 다짐했다.

마지막으로 그는 환호했다.

그의 주변을 둘러싼 1레벨부터 4레벨까지의 서로 다른 종의 몬스터 열 마리를 보는 순간 입에 기분 좋은 호가 그려졌다.

"심봤다."

『미라클 테이머』 4권에 계속…

■ Illustrator : 김계범 ■

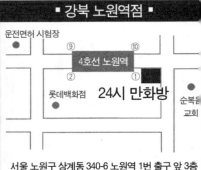

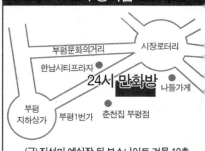

강준현 장편소설
FUSION FANTASTIC STORY

인생을 바꿔라

『복수의 길』, 『개척자』 강준현 작가의
2016년 신작!

자신이 무엇인지 알지 못하는 정신체, 염.
세상을 떠돌며 사람의 몸속으로 들어가
에너지를 얻고 나오길 반복하던 어느 날.

사고로 인한 하반신 마비, 애인의 이별 선언,
삶에 지쳐 자살하려는 김철의 몸에 들어가게 되는데……

"뭐, 뭐야! 아직도 못 벗어났단 말이야?"

새로운 삶을 살리라,
정처 없이 떠돌던 그의 인생 개척이 시작된다!

"어떤 삶인지 궁금하다고? 그럼 한번 따라와 봐."

Book Publishing CHUNGEORAM